선생님도,
일기를 씁니다

선생님도,
일기를 씁니다

웃는샘

*어른 : 다 자란 사람. 또는 다 자라서 자기 일에 책임을 질 수 있는
사람.

Prologue

30대 후반. 몸은 벌써 다 자란 지 오래다.
하지만 마음은 아직 자라고 있어서,
어른이라고 말할 수 없었다.

내 아이의 엄마,
내 아이들의 선생일지라도, 모든 책임을 지고 싶진 않다.
그래서 난 제대로 된 어른이라고 말할 수 없었다.
매일 매일 난 뻔뻔하고 덤덤하게 말한다.
괜찮아. 괜찮아. 괜찮아.

아직 어른이 되지 못한 나는, 이렇게 오늘도
펜과 색연필과 캔맥을 든다.

엄마의 자신감을, 교사의 자존심을,
아이의 자존감을 지키기 위해

그리고, 또
'괜찮다'고 말한다.

둘. 꿈꾸기 그리고 달리기

셋. 너와 함께 걷기

넷. 서로 사랑하기

홀로 서기 위해……

자존감이 높다고 추켜세워도,
자기중심적이라고 뭐라 해도
남 말에
신경 그만 쓰고
그저 나 혼자 서 보자.
그게 먼저야.

Part. 1
나 홀로 우뚝 서기

*

*

*

*

*

*

*

*

겉보단 속

다 아는 사실임에도
다들 겉을 더 챙긴다.
속이 썩어가는 것도 모른 채.

수박 두드리기

어느 날 SNS 속 지인의 생활을 엿보게 되었다. 신랑에게 사랑받고, 좋은 백을 선물 받았다고 자랑하고 있었으며, 아이에게 무한한 애정을 주고 있었다. 여유 있게 퇴근 후 신랑과 맛집 데이트도 즐기고 있었다. 퇴근하면서, "내일 봐요. 전 또 출근하러 가네요. 우리집 상사 두 명이 어찌나 힘들게 하는지." 반 농담 섞인 말과 함께 짙은 한숨으로 채워야 하는 나와는 너무 다른 모습이었다.

아이들 공부 봐주다가, 신랑 설거지해 놓은 거 뒷정리도 해야 한다. 숙제 안 해 놓은 애들에게 고함 한 번 질러주면서, 읽은 책 제대로 안 꽂아 놨다고 열 번도 넘게 째려봐야 한다. 그러면서도 나만의 시각 '10시'가 빨리 안 온다며 괜히 신랑에게 타박한다.

'왜 저 친구는 저렇게 여유 있고, 연꽃에서 나온 심청이 마냥 사랑스러울 수 있단 말인가?' 나는 이런저런 우울한 생각으로 캔 맥주를 들이켜며 그날 밤을 지새웠다.

그리고 며칠 후, 나는 그 SNS 속 친구를 만나게 되었다. 만나자마자 그 친구는 신랑 험담에, 아이에 대한 속상함으로 울상을 짓는 것이었다.

"다 그래. 그럴 수 있어."라고 나는 그녀를 위로해 주면서 말했다.
"나는 너 엄청 좋아 보여서 부러웠었어. 나만 왜 이런가…… 싶어서."

그 친구가 말했다.
"다들 너무 예쁘게 잘 사는 것 같잖아. 그래서 나는 좋은 것만 올려. 올리는 순간엔 관심받는 것 같아서 얼마나 좋다고. 다들 '우와!' 하고 날 부러워해. 내 생활 속에 좋은 것만 고르고 골라서 그렇게 보여주고 싶더라고. 이것도 중독이더라."

난 물어보았다.
"그럼, 속상한 마음이 좀 나아져?"

SNS를 잘 못하는 나로서는 정말 궁금했다. 겉을 윤기나게 해 놓으면 속도 덩달아 예뻐질까? 만약 그렇다면 나도 해봐야겠다는 생각도 들었다.

그런데, 그 친구가 이렇게 대답했다.
"전혀."

그러면서 다시 말을 이어 나갔다.

"사실은⋯⋯ 점점 내 마음을 숨기게 되더라고. '사람들은 나를 이렇게 보겠지.'라는 생각 때문에 화나고 속상하고 내 약점이 될 수 있는 뭔가는 아무에게도 보이고 싶지 않아."

나는 그 친구에게 이렇게 말해주었다.
"너 외롭겠다."

"하루는 엄마표 교육으로 핫한 어떤 아줌마의 생활을 보게 되었는데, 너무 부러워서 미치겠더라고. 책도 내고, 공부모임도 갖고, 아이 영어도 엄마표로 얼마나 잘해 놨는지. 그래서 나 어떻게 했는지 알아? 일부러 내가 찍은 사진들 속에서 좋은 것들만 골라 나도 올렸어. 보상심리라고 해야 하나? 심리적 복수라고 해야 하나? 누군가가 내가 느낀 그 초라함을 날 보며 느끼길 바랐나 봐. 참 못된 생각이지? 그런데 웃긴 건, 그렇게 올리고 나서, 속이 좀 나아졌다는 거야. 아주 잠깐이긴 하지만."

"⋯⋯"
난 정말 그 마음을 알 것 같았다.
괜히 우울할 적에, 일부러 어려운 책을 꺼내 읽는 시늉을 한다든지, 굳이 만들지 않아도 되는 아이들 활동지를 화려하게 제작한다.
그러고 나서 사진을 찍어 스스로 만족해했다.
그뿐만 아니라, 일부러 학교 쉬는 시간에 이젤을 펴 두고, 그림을

그린다거나, 다이어리에 늘 꼼꼼히 메모하는 부지런한 사람 연기
도 자주 한다.

어차피 드러나지 않을 내 노력, 마음, 상처, 열정 등은 접어두고,
남들 눈에 보이는 것들에 가식을 부렸다. 장식이라도 해서 이리저
리 보여준다고 바빴다. 그리고 그것이 내게 약간의 위로는 되었다.

식당에서 각자 폰만 뚫어져라 보는 엄마와 아들을 마주한 적이 있
다. 엄마는 잠깐 아이와 음식 사진을 찍더니, 또다시 폰을 한다고
바빴고, 간혹 아들을 향해 게임 좀 그만하라며 타박했다.

'음식 사진을 저렇게 찍어 도대체 누구와 공유하려는 걸까? 앞에
앉은 아들 좀 더 봐주지.'
'남들의 사연에는 저렇게 하트까지 날려주면서, 정작 곁에 있는 가
족에게는 얼마나 공감해 줄까?'
'남들에게 보내는 위로와 배려처럼, 자신에게도 다정하고 너그러
울까?'

의심이 간다. 겉이 번지르르한 사람들의 속은 어떨지.

모두가 겉과 속이 같은 토마토만 같으면 참 좋겠지만,
그렇지 않다면, 적어도 겉보다는 속이 먼저 아닐까?

애써 골랐던 내 사과 속이 이미 상하기 시작했다고 치자. 남들에게

보일까 봐, 노심초사하며 포장지로 쌀 게 아니다. 주인 된 자로서, 멍 든 속을 어루만지며 더 나은 생을 탐구해 주는 것이 예의다. 상처를 걷어내어 주스든, 잼이든, 자신의 운명을 좀 더 가치있게 만들어 주는 것이 최소한의 책임감이다.

하물며 수박 한통 살 때조차도 한참을 두드려 보지 않는가? 예쁜 줄무늬가 맛과 신선함을 보장해 주지는 않는다. 그래서 아무리 두드려도 그 속을 잘 모를 때에는 차라리 반으로 잘려 속이 훤히 보이는, 잘 익은 확실한 놈으로 고르는 것이 진리다.

그러니, 이제 속이 무엇으로 가득 차 있는지, 뭐가 들어와 있는지 알고 제대로 드러내 놓고 살자. 잘 여물고, 익은 게 보인다면 누구인들 날 찾지 않을 수 없다.
뭐, 내 흠이 좀 보이면 어떤가? 빤지르르 바람 든 사과보다 못난이 꿀 사과가 낫다.

겉 속이 다른 완벽해 보이는 사람보다, 친구 같이 공감되는 사람이 더 인간적인 법이다.

그래서 나는 수박 두드리듯 내 속을 먼저 들여다보고 챙기기 시작했다.

너 내가 강하다고 생각해?
너와 별다르지 않지?
어른이라고 다 강한 건 아니거든.
그러니까……
너무 기대지 마.
나에게.

어른 아기

난 어릴 때부터 눈물이 많았다. 누구에게 화를 낼 때, 서운할 때, 슬플 때, 감동적일 때, 내 눈에선 내가 의도하지 않은 눈물이 막 흘러나온다. 그 눈물로 인해 내가 하고픈 말들을 정확하게 전달하지 못한 경우가 종종 있었기에, 난 내 눈물, 내 나약함이 싫었다.

5년 전, 처음으로 학교 연구부장을 맡았고, 혼자 많은 일을 감당해야 한다는 억울함에 찌들려 있을 때였다. 학교 일에 상처받는 일이 생겨 집에 오자마자 신랑을 보며 울었었다.
"본인은 솔직한 줄 아나 봐. 그렇게 대놓고, 내가 한 일들을 까 내릴 수가 있어? 자기는 잘 하나? 너무 억울해!"

날 너무도 잘 아는 신랑은 토닥거리며 그저 안아 주었다. 눈물이 멈추고 고개를 들어보니, 두 꼬맹이들이 한참 떨어져 서 있는 채로 나를 불편하게 쳐다보고 있었다. 어찌할 바를 몰라 눈치만 보고 있었다. '엄마, 왜 그래?'하는 표정이었다. 한참이 지난 후, 그나마 대범한 둘째가 다가오더니 이렇게 말했다.

"엄마도 울어? 처음 봤어. 어른이 우는 거."
순간 아이들에게 약한 모습을 보인 내가 너무 싫었고, 창피했다.
내가 마치 철부지 엄마 같았다. 그때 신랑이 아이에게 이렇게 말해
주었다.

"엄마도 사람이야. 속상할 때, 아플 때 울 수 있는 거지. 우영이가
엄마에게 안겨 우는 것처럼, 엄마도 똑같은 거야."
그러자, 큰애가 철이 든 척하며 이렇게 말하는 것이었다.

"그래, 우영아. 엄마는 형아보다도 더 겁이 많잖아. 아직도 혼자서
는 잘 주무시지도 못하고. 우리 엄마는 엄마지만 약해."
뭔가 내 흠을 말하는 것 같아서 괜히 기분이 언짢았다. 하지만 다
맞는 말이다. 어른이라도 울 수 있다. 어른이라도 무서울 수 있는
것이다.

아이들 눈에, 어른은 강해 보이나 보다. 내가 어릴 적 우리 엄마와
아빠가 그리 보였듯이 말이다. 어른이 아이에게 본이 되어야 함을
알고 있다. 또 그래야 한다고 생각한다. 하지만 그건 옳고 그름의
도덕적 문제이고, 내가 어른이 아닌 것처럼 보이는 이런 행동들은
도덕적으로 잘못된 것이 아닌 본능적인 부분이다. 눈물이 많고, 힘
이 약하고, 겁이 많게 타고난 것이다. 그게 어른이 되었다고 달라
지는 것도 아니었다. 근데, 그게 뭐? 어쩌라고?

'아이'다운 것은 무엇일까?, '어른'다운 건 또 어떤 걸까? 어른이 되고 싶은 아이가 많을까? 아님 아이가 되고 싶은 어른이 많을까? 당연히 후자가 200배 정도 많을 것 같다. 어른들이 사는 방에서는 보통 어른의 모습이라고 세워 놓은 기준이 존재한다. 단지 나이가 들었다는 이유만으로 그 방에 들어가 되지도 않는 강함과 책임감, 그리고 인내심을 연기하고 있다. 아이들의 세상에서는 어른같이 성숙한 아이가 칭찬을 받는다. 생각이 깊다고, 점잖다고. 그런데 왜 아이 같은 어른은 어디에서도 환영받지 못할까?

아이답거나 어른답거나 하는 문제는 칭찬이나 욕할 근거가 되지 못한다. 그저 그 사람의 성향이고, 기호일 뿐이다.

자, 잘 들어라. 얘들아.

이 엄마도 너희처럼 하고 싶은 거 하고 싶고, 먹고 싶은 거 해달라 조르고, 아플 때 큰일 난 것 마냥 밤새 위로받고 싶어.

울고 싶고, 짜증도 내고 싶어. 너희처럼 애교 부리며 실수도 웃음으로 넘기고 싶고…… 그래.

그냥 그렇다고. 알겠니?

수선화의 꽃말

'나르시스'
'자기애'

한 번 사는 인생,
자신이라도 죽도록 사랑해 보는 건 어떨지……
그냥…… 수선화가 좋아지는 요즘이다.

수선화처럼

매년 2월이 되면 새로운 아이들을 만날 기대로 가슴이 설렌다.
'올해는 이 아이들과 어떤 특별한 걸 해보지?'
'내가 맡은 이 업무를 어떻게 하면 더 재밌게 할 수 있을까?'

하며 약간의 부담이 스며든 긴장이란 걸 하게 된다. 딱 그즈음이
다. 그런 마음을 가지고 교실 창밖을 내다보면 꼭 수선화가 보인
다. 활짝 꽃잎이 벌어진 건 아니지만 내가 제일 예뻐하는 다소 움
츠린 모습으로 나를 마주한다.

나의 이런 설렘과 열정이 꽃잎 속에 닿은 것인지, 그때마다 예쁜
수선화는 나에게 "잘할 거야, 넌."이라고 말해주는 것 같다.

수선화는 여러해살이 풀이라서 매년 같은 곳에서 볼 수 있다. 그리
고 정말 운이 좋게도 내가 지냈던 학교의 화단에는 항상 수선화가
있었다.

2020년 3월, 늦겨울 추위보다 더 싸늘한 것이 우리 일상을 파고들기 시작했다. 코로나로 개학이 연기되었고, 돌봄 업무 담당자였던 나는 예년보다 더 바쁜 하루를 보내고 있었다. 줌(Zoom)화상수업을 준비하는 중이어서 사실 들떠 있는 상태였다. 자율학습장 필기 방법, 주제 일기 쓰기에 관한 영상도 만들어 놓았고, '또 뭐 하지? 어떻게 연극 수업을 온라인으로 가르칠까?' 고민도 하며 설레던 찰나였다. 그때 교정에 피어 있는 노란색 수선화가 눈에 띄었다.

'어쩜 저리 예쁘게 생겼을까?'라고 생각하며 폰으로 사진을 찍으려는 순간, 갑자기 수선화의 꽃말이 궁금했다. 그리고 바로 그 자리에서 검색해 보았다.

*수선화의 꽃말: 자기 사랑, 고결, 자존심

역시……

수선화를 보고 있으면, 나도 모를 자신감이 생긴다. 분명 그 꽃을 보고, 뭔가 잘할 수 있을 거라는 나에 대한 믿음을 가졌던 것 같다. 화단에 곱게 피어나는 그 꽃을 나라고 생각한 지도 모른다.

주변을 보면 자신을 사랑하고 스스로를 철석같이 믿는 사람들이 꼭 있다. 그리고 '겸손'의 미덕이 더 익숙한 나로서는 그들의 자기

애가 부담되고 낯설기만 했다. 내가 잘한 일에도, 내 칭찬보다는 상대방의 공으로 밀어내 버렸다. '나는 운이 좋았던 거야.', '잘하진 못해. 열심히 하는 거지.', '아직 멀었어.'라는 말들로 날 사랑하는 마음을 굳이 숨겨두었다. 들키면 큰일 날 것처럼.

오늘 난, 나에게 수선화 한 송이를 선물했다. 그 꽃이 주는 '자기 애' 메시지가 너무 좋아서. 그 자기애는 인색했던 나에게 주는 '관대함'을 의미했다.

'운이 좋았던 게 아니라, 네가 잘해서 그런 거야.'
'열심히 하는 게 잘하는 거야.'
'거의 다 왔네. 많이 했어.'

한 번 사는 인생인데, 자신이라도 죽도록 사랑해 봐야지 않을까? 남들 보고 사랑을 구걸하거나, 남들에게 사랑 안 준다고 타박할 게 아니라, 그냥 자신을 가꾸며 예뻐해 보는 것이다.

단 한 번만이라도.

왜 또 그래?

누가 네게 뭐라고 했어?

뭐? 널 싫어한다고?

그럼 모두가 널 좋아하는 줄 알았니?

10명 중 2명은 널 싫어한대.

고작 2명이야. 그 정도는 괜찮지 않아?

너도 모두를 좋아하진 않잖아.

그 정도는 괜찮아

가족끼리 나들이를 하기 위해 준비하고 있었다. 내 준비를 마치고, 나는 세 남자의 옷차림새를 점검했다. 결혼 13년 차쯤 되니 이제 신랑은 그런 나를 그러려니 보고 있다. 그런데, 이 꼬맹이들이 뭐라 한다.

"엄마, 그냥 아무거나 입고 나가면 안 돼요?"
"안돼. 우영이 너 얼굴 로션 발랐니? 피부가 거칠어 보이잖아. 화정아, 티셔츠가 이젠 좀 작네. 다른 옷 꺼내 입을래?"
아이들은 귀찮은 듯, 철벅 철벅 걸어서 자기들 방으로 들어간다.

"헤헤. 아빠 봐라. 한방에 통과하잖아. 너희들 좀 잘할 수 없냐?"
신랑은 아들들 약 올린다고 또 신났다. 그리고 눈치 없이 한마디를 더 보탠다.

"너희 엄마는 '남들이 어떻게 보는지'가 굉장히 중요한 사람이거든. 너흰 아직도 모르냐? 어이구, 눈치 없는 것들."
"헉, 눈치가 없는 건 당신이거든."

난 또 신랑의 솔직하고 생각 없는 말에 심각해졌다. 그래 맞다. 맞는 말이다. 나는 남들 눈에 내가, 우리 가족이 어떻게 보이느냐가 엄청 중요하다. 여자의 적은 여자라고, 많은 또래 아줌마들이 '쟤 잘하고 있나? 어떻게 하는지 보자.'하며 감시하는 것 같다. . 혹시라도 누군가가 나를 이리저리 씹어댈지도 모른다는 생각에, 내가 없는 어떤 곳에서 내 얘기가 웃음거리로 이용될 수 있다는 염려 때문에, 괜히 쳐다보지도 않는 이들의 시선을 챙기며 살아왔다. 이것도 병이다.

그날 밤, 나는 아이들이 잠든 후, 캔맥주를 하나 집어 들었다. 신랑이 웬일인지, 앞에 앉는다.

"아까 내가 한 말 때문에 그래? 다들 남들 눈 의식하지. 안 하는 사람이 어디 있겠어?"

'당신. 당신은 아무 신경 안 쓰잖아.'

내가 물었다.
"여보, 내가 좀 유별나?"
그러니 신랑은 내 눈치를 보며 답한다.

"난 네가 좀 편하게 생각했으면 좋겠기에."
난 긴 한숨을 쉬었다.
"그냥, 남들이 날 싫어할까 봐, 그게 좀 두렵네."

"누가 싫어하면 좀 어때? 내가 더 좋아해 줄게. 됐지?"
그냥 막 내뱉은 그 말이 나에게 적잖이 위로가 되었다.

문득, 예전에 티비에서 들었던 2:6:2의 법칙이 생각났다. 열 사람
이 모이면 열 중 둘은 날 좋아하고, 여섯은 나에게 관심이 없고, 나
머지 둘은 날 싫어하기 마련이라는 자연의 법칙이다.
그래, 맞다. 나도 내 주변 모든 사람들을 좋아하진 않았다. 그런데
모든 사람들이 날 좋아해 주기 바란다는 건 어떻게 보면 이기적인
욕심일 수 있다.

열 중의 둘? 날 싫어하는 둘 때문에 고민하며 신경 쓰지 말고, 그
시간에 날 좋아해 주는 둘을 위해 뭐라도 해야 한다.
어차피 날 안 좋아하는 그들을 위해 이리저리 발버둥 칠 게 아니
라, 나와, 날 사랑해주는 사람들이 더 행복해지는 게 먼저다.

내 마음
들여다 보기.

내 마음 들여다 보기

A: 무슨 문제가 있나요?

B: 아, 사실 제가요.

제 마음을 잘 모르겠어서요.

다른 사람들 마음 살피고 배려한다고

내 마음이 그들의 마음과 다르진 않을 거라고

그렇게만 믿고서

그냥 무관심했었네요.

이제 어떻게 해야 할까요?

A: 자, 여기 붕대와 소독제, 영양제가 있습니다.

오늘부터 매일 10분이라도 자기 마음을 들여다보세요.

뭐, 간단해요.

너무 딱딱해서 부러진 부분은 붕대로 감아주고,

나쁜 균이 침범한 곳에는 소독제를 뿌려 주세요.

괜찮은 곳에도 그냥 내버려 두진 마시고

영양제도 듬뿍 뿌려 주구요.

어쨌거나, 남보다는 내가 먼저지 않겠어요?

매년 학부모 상담주간에는 상담 신청서를 받는다. 그 신청서에는 상담하고 싶은 내용을 적을 수 있게 공란이 마련되어 있는데, 대부분의 부모님들은 그곳에 '교우관계'를 우선순위로 적으셨다. 나도 두 아들을 학교에 보내는 엄마이기에 그 마음을 누구보다도 잘 안다. 담임선생님과의 상담에서 제일 처음으로 하거나 듣는 질문은 늘 이랬다.

"선생님, 제 아이가 친구들하고 잘 어울려 노나요? 수업시간 방해는 안 하지요? 혹시 선생님을 힘들게 하지는 않나요? 모둠활동은 잘 따라가구요?"

차마 고개를 들 수 없다.
이 차가운 질문의 주인공이 사랑하는 내 아이라고 생각하니 어디 쥐구멍이라도 찾고 싶다. 이제 와서.

다르게 질문했어야 했다. 적어도 아이를 사랑하며 키우고 있다고 자부할 수 있는 엄마라면, 좀 전의 그런 질문은 나중에, 아니 나중에라도 해서는 안 될 것이다.

"선생님, 제 아이가 발표하기를 좋아하나요? 쉬는 시간에 친구들과 신나게 노나요? 집에서는 종이접기를 좋아하는데, 학교에서는 어떤 놀이를 자주 하나요?"

"선생님, 제 아이가 학교 공부는 쉽다고 말했어요. 혹시 수업시간에 그런 표현을 했을까 걱정이 돼요."

지금 이 질문은 아까 질문과 뭐가 다를까?
바로 질문의 기준을 남에게 뒀냐,
내 아이에게 뒀냐 라는 차이이다.

우리 아이의 마음이 요즘 어떤지, 행동은 어떤 성향을 보이는지, 어떤 능력과 수준을 가지고 있는지, 그런 것들이 궁금했던 게 아니라, 우리 아이와 집단의 구성원들과의 관계가 어떠한지 더 궁금했던 것이다. 친구들이 우리 아이를 어떻게 생각하는지, 우리 아이가 친구들을 잘 따르며 어울리고 있는지, 혹은, 선생님의 비위에 거슬리는 행동을 해서 미움을 받는 것은 아닌지, 관계 속에서 눈치를 좀 볼 줄은 아는지 등에 관심이 더 많았다. 나뿐만이 아니라, 나와 상담을 했던 수많은 엄마들도 그랬다.

몇 년 전, 방과후학교 업무 담당자로서 1년 중 큰 행사인 공개수업을 쭈욱 둘러보고 있었다. 마침 우리 교실에서 영어 방과후 수업을 하고 있었다. 우리 반 학부모님도 와 계시길래 눈인사라도 하려고 잠깐 서성이고 있는데, 그중 한 분이 속상한 얼굴로 나오며 이렇게 말씀하시는 것이었다.
"어머, 선생님. 안녕하세요?"
"어머니, 오셨네요. 수업 잘 보셨어요? 아이들 영어 실력이 하루하루 느는 게 보이네요."

"선생님, 우리 애가 저렇게 말을 안 해요? 선생님이 발표를 시키는
데도 벙어리네요. 친구들보다 영어실력도 많이 떨어지는 것 같고.
친구들과 연극을 하는 데에도 표정이 영 굳어 있어요."

아이 말에 따르면 그날 저녁 집에서 많이 혼났다고 한다. 그럴 거
면 영어 방과 후 하지 말라고, 영어학원을 다니자는 둥, 아이는 굳
이 내가 검사하는 일기장에 뭘 바라고 썼는지 구구절절이 엄마 험
담을 늘어놓았다. 아이의 이 말이 참 기억에 남는다. 일기장에 적
혀있는 그 문구를 그대로 옮겨보면, 이렇다.

'엄마는 알 수 없다. 뭘 보러 온 건지. 엄마가 뒤에 있으니까 괜히
부끄러워 말을 못 했던 건데, 친구들보다 말을 많이 하지 않았다
고, 선생님의 질문에 큰소리로 멋들어지게 말 못 했다고 그렇게 화
내는 것은 이해할 수 없다. 우리 반 친구들은 다 안다. 내가 영어를
잘하고, 발표도 잘한다는 것을. 내가 영어가 좋다고, 실력이 는 것
같다고 이야기해줄 때는 아무 반응 없더니, 공개수업시간 말 좀 안
했다고 그렇게 구박을 주니 너무 어이없다. 차라리 내 마음을 물어
봤으면 내가 왜 그랬는지 알려줄 텐데. 분명 엄마는 창피해서 그런
것이다. 친구들 엄마 보는 앞이라서 내가 더 창피했나 보다.'

주변 사람들이 어떻게 보느냐도 중요하다. 하지만, 이 아이는 자신
의 본모습을 먼저 들여다보지 못하는 엄마를 원망하고 있었다.

나를 포함한 많은 사람들이 개개인의 자율성보다 관계를 더 중요시한다.

우리가 아이들에게 하는 말들만 살펴봐도 딱 그렇다.
"남을 배려해야지."
"그럴 때는 눈치를 볼 줄 알아야 해."
"그건 남에게 피해를 주는 행동이야."
"네가 좋다고 무조건 하는 건 아니야. 남도 생각해야지."

우리는 사회성 있는 아이로 키우기 위해 아이들에게 항상 위와 같은 말을 하며 자기 자신보다 남을 더 생각하게 만들었다. 무언가를 선택할 때 내가 원하는 일보다 남이, 사회가 좋다고 말하는 일에 맞춰 해야만 잘한 일이 된다.

 신랑이 어느 날 이렇게 말했다.
"왜 너는 늘 '해야 한다.'라고 말해? 왜 꼭 해야 해?"
"어? 내가 언제 해야 한다고 말했어?"
"계속 그러잖아. 나한테도 '지금 청소해야 한다.', '설거지해야 한다.', '애들 운동시켜야 한다.' 안 그랬어? 애들한테도 말이야. '책 읽어야 해.', '정리해야 해.', '피아노 쳐야 해.'……"

"맞네. 내가 그랬었구나."
"그런 일들은 모두 해야 하는 일이 아니잖아. 그냥 차라리 했으면 좋겠다고 말해. 괜히 해야 한다라고 말하니까 더 하기 싫어진다고."

우리는 언제부터 '하고 싶다'보다 '해야 한다'를 먼저 선택하게 되었을까?
왜 내 마음부터 살피지 않고, 남과 함께하는 환경에 적응하는 데에만 집중하고 있을까?

왜 내 아이가 자기 자신보다 내 기분을 맞추길 바랐던 걸까?

심리학자 지그문트 프로이트는 이렇게 말했다.

『자기감이 강하면 인생을 자유롭게 살아갈 수 있다. 자신의 내적인 억압을 인식하는 데 아무런 문제가 없을 것이고, 일상생활에서 만족하고 성취감을 느낄 수 있을 것이다.』

『자기감이 흐릿하면 감정이나 생각, 욕구가 강하지 않아 다른 사람들의 것을 자신의 것으로 쉽게 착각하게 되는데, 작은 선택부터 큰 선택까지 다른 사람 손에 달려 있으니 삶의 주도권을 잃어버리는 것은 시간문제다.』

종합해 보면, 자기감이 너무 강하면 사회 속에서 한계에 부딪힐 수 있다는 것. 하지만 자기감이 약하게 되면, 자신의 삶에서 주도권을 잃게 된다는 것이다.

즉, 자기감은 과해서도 없어서도 안된다는 말로 해석된다.

그렇다면 자기감과 사회성, 어떻게 균형을 맞추며 살아야 할까? 정말 공정하고, 유연하게 둘 다 갖춘다면 이루 말할 것 없이 좋겠지만, 그게 쉬운 일은 아니다. 굳이 둘 중에 우선을 가려야 한다면, 당연히 자기감이지 않을까? 먼저 자기감이 제대로 자리 잡고 있어야 남도 살필 수 있게 된다. 배려가 최고라며 가지고 있는 사탕 10개를 자기는 안 먹고 남들 다 줘버리는 건 어리석은 일일 테니 말이다.

그러니, 내가 좋아하거나 싫어하는 것, 하고 싶은 것들을 제대로 표현하면서, 그 과정에서 생기는 슬픔, 기쁨, 감동 등에 시시각각 반응해주자. 자신을 사랑하며 무슨 일에서든 위풍당당해지자. 프로이트의 말을 되새기면서.

"항상 자기 자신에게 정직하게 살아가는 것이 훌륭한 태도이다."
-지그문트 프로이트

나이 듦의
미학

나이 들어 뭐가 좋은지 아니?
주름살에도,
기미에도,
늘어진 뱃살에도,
숱 없는 머리에도,
그럼에도 불구하고
여유를 부릴 수 있다는 거야.
이렇게 그저 웃을 수 있다는 거야.
이렇게 나와 내 주변을 편안하게 바라볼 수 있다는 거야.

올드 미학

꿈을 꿨다.

꿈속에서 눈을 떴는데, 고등학생이었다. 늘 그랬듯 7시에 눈을 떴는데, 엄마의 '지각이잖아!'라는 호통 소리가 들렸다. 엉겁결에 난 교복을 입고 있었다. 그곳은 분명 내가 고등학생 시절 살았던 부산의 조그마한 아파트였다.

내 방도, 내가 좋아했던 노란색 별무늬 베개와 남색 스펀지 요도 정말 그대로였다. '고백 부부'나 '아는 와이프' 드라마에서처럼 정말 나는 고등학생으로 돌아가 있었다. 현재의 기억을 가지고 있는 상태로 말이다.

'이게 사실이라고?'

'진짜? 정말로? 내가 고등학생?'

옷을 입으면서 기억을 더듬었다. 학교 가는 방법을 알고 있는지, 내가 지금 몇 학년인지, 몇 반인지 등등. 나만 그런 건지는 모르겠지만 난 내 과거를 잘 기억하지 못한다. 담임 선생님 성함도, 몇 반이었는지도, 학교로 가는 버스 번호도 전혀 모르겠다. 물론 꿈에서도 기억이 안 나서 나는 학반이 적혀있는 교과서를 꺼내 보아야 했고, 엄마에게 버스 번호를 여쭤봐야 했다.

난 꿈속에서 한참을 뛰었다. 지각이었다. 원래 난 고등학생 때 봉고차를 대절하여 통학했었다. 통학시간에라도 잠을 잘 수 있게 부모님께서 그렇게 해주셨다. 그런데 오늘은 지각이라 봉고차를 놓쳐 뛰어가야 한다고 하셨다. 사실 난 한 번도 버스를 타고 학교에 간 적이 없다. 늘 봉고차 아니면 아빠가 운전기사 노릇을 해주셨다. 그랬던 아빠는 꿈에서는 보이지 않았다. 결국 난 정류장까지 뛰어야만 했고, 그렇게 뛰면서 얼마나 많은 생각들이 오고 갔는지 모른다. 이상하게도, 그 생각들이 며칠이 지난 지금까지 생생하다.
'그럼, 내 미래가 달라질 수 있다는 거야?'
'이제 융통성 있게 공부 좀 해볼까?'

이런 생각으로 너무 설레었다. 꿈을 이루지 못했고, 열심히 공부하고 노력한 만큼의 대학과, 직업을 얻지 못했음에 늘 자존심이 상했었는데, 그 자존심을 이렇게 회복하는 건가 싶어서 그날 꿈속에서 달리며 잠깐이었지만 행복했다.
대학생 때 놀 줄 모르는 나는 늘 방학 때마다 부산에서 과외를 했었다. 고3 동생들에게 수학을 가르치다 보니 수학이 더 쉽게 느껴졌고, 설명하다 보니 이해력도 더 좋아지는 걸 느꼈다. 영어도 마찬가지다. 대학시절 자취방에 줄곧 틀어두었던 팝송 때문인지, 그렇게 발악하며 들어야 했던 영어듣기가 꽤 나아졌던 것이다. 그때마다, '아, 돌아가면 공부 더 잘할 것 같은데.'라고 생각했었다. 아줌마로서 좀 더 현실적으로, 융통성 있게 사는 방법도 터득했으니, 나의 인간관계는 더할 나위 없이 좋아질 것이었다. 과거로 돌아간 것이 마치 선물 같았다.

그러다가 갑자기 이런 생각이 들었다. 분명하고 강렬하게.

'어! 그럼 우리 애들은?'
'신랑도 다시 못 보는 거야?'
'다시 그렇게 공부를 해야 해?'
'결혼식을 올리고, 아기를 낳아 또 언제 기르지?'

정말 못 믿겠지만 난 꿈에서 이런 생각을 했다. 신랑보다 더 멋진 남자와 결혼해 보고는 싶은데, 그럼 지금의 우리 아들을 볼 수 없기에 난 다시 신랑을 만나야 했다. 그러기 위해서는 교사가 되어야 했고, 지금과 그리 다를 게 없다면 다시 과거를 살며 힘들게 시간을 보낼 필요는 없었다.

연이어 이런 생각도 했다.

'내 원래 삶이 그리 나쁘지 않았어.'
'난 18살보다는 38살이 더 좋아.'

'다시 그만큼 열심히 살 수 있을까? 공부도, 육아도, 일도.'
'어릴 때로 돌아가고 싶지 않아.'

나는 과거로 돌아간 것이 순간 너무 싫었다. 두려웠다. 결국 뛰다가 중간에 철퍼덕 주저앉았고, 그와 동시에 잠에서 깼다.
평소 꿈을 잘 기억 못 하는 내가 이 꿈 만은 뇌리에 꽉 박혀 그날 하루 종일 기분이 이상했다.

늦은 저녁 아이들이 잠들고, 나는 맥주를 꺼냈다. 캔맥주를 보자 웃음이 났다.

대학생 때나, 결혼 전에는,
'술을 왜 마셔? 아, 이해 안 돼.'라고 말하며, 나는 내가 하지 않는 일들에 이해하려고 노력조차 하지 않았다. 굳이 안 해도 되는 비판을 섞어가며 나의 행동만이 이성적이고 합리적인 거라고 우겼다. 내가 참 많이 변했다. 대학교에 입학한 20살, 졸업하고, 처음 교사가 된 24살, 결혼을 한 27살, 복직했던 30살, 그리고 초등생 두 아이가 있는 지금의 38살. 지금 생각해 보니까, 나이는 헛먹는게 아니다. 키는 일찍이 멈췄지만, 내 융통성과 공감력은 해마다 자랐다. 그때그때 열심히 살았던 것 때문인지, 지금 드러나는 성과물은 없을지라도, 눈에 보이지 않는 내공이 나의 자존감과 자존심을 지켜주고 있다.

난 맥주를 마시며 양희은의 노래 '인생의 선물'을 자주 듣는다.

'나이가 들기 전엔 정말로 몰랐네.'란 가사가 있는데, 그 가사를 듣고 있으면, 지금의 나이 듦이 뭔가 대단한 듯 느껴지는 게 있다. 예전에는 알지 못했던 걸 지금은 알고 있다고, '어때, 나 멋지지?'라며 내 숙성된 나이 앞에서 완전 자신감 뿜 뿜이다.

기를 싸매고 공부도 해보았고, 시험을 망쳐 꿈을 버려야 했던 좌절도 겪어봤으며, 좋아하는 분야가 아니었던 곳에서 살아남을 거라고 자존감도 많이 떨어져 보았다. 첫 사회생활을 시작하며 긴장도, 울기도 많이 했었고, 지금 생각하면 아무것도 아닌 일에 화도 많이 냈었다. 남들 다 한다고, 결혼은 당연지사로 여겨 굳이 아빠 퇴직 전에 급하게 결혼식도 올렸고, 생각지 못하게 찾아온 첫째 아이 입덧으로 생전 처음으로 피도 토해봤다. '첫째 아이처럼 아이는 다 순하고 예쁠 거야.'라는 착각에 빠져 신랑에게 협박까지 하며 둘째를 가졌고, 첫째 아이와 정반대의 성향인 둘째를 보며 "넌 도대체 어디서 왔니?"라고 말하며 솔직히 병원에서 아이가 바뀌었다는 연락을 받는 꿈도 꿨었다. 둘째를 키우며 명상도 해보았고, 불자도 아닌 내가 명상을 위해 아무도 없는 절 법당에 매주 들리기도 했었다.

이제는 노력한 만큼 좋은 결과를 얻지 못할 수도 있다는 걸 알게 되었고, 남들 눈에는 내가 틀릴 수도 있다는 것을 깨달았다. 아이가 문제가 아니라, 언제든 어른이 문제였다는 것도 배웠고, 부모나 선생님 중심으로 가르칠 게 아니라, 아이 맞춤형, 아이 중심으로 가르쳐야 효과가 있다는 것도 경험하였다.

하루하루 지날수록 눈가, 입가에 잔주름은 늘어간다. 내 뱃살이 이렇게 나올 거라는 생각을 아기를 낳기 전까지는 절대 해보지 못했고, 머리 빗질 후 빠진 머리카락 한올을 붙잡고 울며 불며 이별을 고할 거라고 상상도 하지 않았다.

하지만 그래도 난 지금이 좋다. 꽤 괜찮은 것 같다.

늘어나는 주름만큼이나 생각의 깊이를 만들고,

늘어나는 뱃살 면적만큼이나 나의 마음이 커지고 있다.

그래서 난……
예전보다 많은 걸 생각하고,
이해하고
품을 수 있는
지금이 너무 좋다.

〈인생의 선물 - 양희은〉
봄산에 피는 꽃이 그리도 그리도 고울 줄이야
나이가 들기 전엔 정말로 정말로 몰랐네
봄산에 지는 꽃이 그리도 그리도 고울 줄이야
나이가 들기 전엔 정말로 생각을 못했네
만약에 누군가가 내게 다시 세월을 돌려준다 하더라도
웃으면서 조용하게 싫다고 말을 할 테야
다시 또 알 수 없는 안개빛 같은 젊음이라면
생각만 해도 힘이 드니까 나이 든 지금이 더 좋아
그것이 인생이란 비밀 그것이 인생이 준 고마운 선물

이 가사처럼,

난……, 나이 든 지금이 더 좋다.

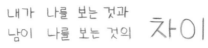

내가 나를 보는 것과
남이 나를 보는 것의 차이

남들이
나에 대해 어떻게 생각하든지,
나를 어떤 사람으로 보든지,
그것보다 더 중요한 것은
내가 나에게 당당해지는 것.
그러니까……
내가 나를 보는 것,
남들이 나를 보는 것,
그들의 차이에
너무 안달복달하지 말자.

차이

나는 덜렁댄다. 일을 할 때 그리 꼼꼼하지 못하다. 뭔가를 할 때 많은 시간을 쓰는 것이 좀 비효율적이라 생각하여 되도록 빠른 시간 내에 끝내기 위해 온갖 노력을 한다. 그래서 가끔씩 실수도 하고, 내가 할 수 있는 수준에 미치지 못할 때가 많다. 하지만 사람들은 나보고 꼼꼼하댄다. 야무져서 뭘 해도 마무리를 잘한다고 칭찬을 한다.

나는 아이에게 화를 잘 내는 엄마이다. 잔소리가 심한 선생님이다. 하지만 타고나게 목소리가 작아서 그런지 사람들은 내가 그저 웃기만 하는 사람인 줄 안다. 다정함으로 아이를 잘 이끈다고 훌륭하다고 말해준다.

나는 주기적으로 떨어진 자존감에 우울해 하기도 하고, 혼자서 불안해한다. 하지만 그럴 때에도 내 주변 사람들은 내가 늘 자신감 넘치게 행동한다고 믿고 있다. 낯가림이 심해서 그저 강하게 표현하지 않았을 뿐이다.

음…… 난 어떤 사람일까? 나에 대한 그들의 생각이 맞을까? 내가 알고 있는 내가 정말 나인 걸까? '나'는 '남들이 말하는 나'와 꽤 큰 차이가 있다.

나에 대해 다시 한번 더 살펴 보자면,
나는 겁도 많고, 못하는 것이 많아 위축될 때가 많다.
영어 발음이 안 좋아 아이에게 영어책을 읽어 줄 때 많이 부끄럽다. (내 수준이 별로 높지도 않는데 아이 영어를 책임지려니 늘 걱정이 앞선다. 물론 사람들은 내가 영어도 어느정도 할줄 안다고, 그래서 잘 가르치고 있다고 알고 있다. 아닌 것 같은데 말이다.)
내가 SNS를 잘 못하는 이유도 그들이 알고 있는 것과 다르다. 'SNS를 하는 대신, 그 시간에 더 가치 있는 일을 찾아 하고 있는 거겠지.'라고 짐작하겠지만, 사실 난 아니다. 오로지 게을러서 하지 못하는 것이다.
집 밖을 잘 나가지 않는 것도 내 일이 바빠서가 아니라, 단지 귀찮아서다.
책 내는 게 빨리빨리 안 되는 것도 내 열정과 노력이 빛을 발하지 못해서가 아니고, 그냥 내 실력과 의지가 기대만큼 못 미쳐서다.

언제부터였는지는 모르겠으나, 나는 나에 대한 타인들의 생각을 주기적으로 점검하고 있었다. 그리고 그에 맞춰 연기하듯 살아오고 있다. 잘하는 척, 열정적인 듯, 괜한 자신감을 보이며 행동했다. 그러니 내가 뭘 하지 않음에도 불구하고 사람들은 나의 그 모습들이 어떤 계획이 있는 의도한 행동일 거라고 생각해 주었다. 그리고 나는 굳이 나의 진짜 모습들을 알리지 않았다.

그래서 나는 요즘 괜히 불편하다. 가면 쓰고 있는 느낌이라고나 할까?
나의 게으름이 들통나지 않게 뭐든 해야만 할 것 같고, 나의 당당함의 근거를 만들기 위해 우리 아이들을 더 닦달해야만 했다. 사랑꾼 남편을 가졌다는 말도 안되는 소문이 거짓이 되지 않기 위해 애써 손잡고 동네 산책을 해야 했다.

난 솔직하지 못했다.
나를 바라보는 시선에 어떠한 부정적인 것도 담고 싶지 않아서 남의 생각에 따라 행동하려고 했다. 또 남의 시선을 위한 행동을 하고 있었다.

내가 나에 대해 느끼고 있는 것과 남들이 나에 대해 생각하는 것은 다를 수 있다. 어떤 것은 내 생각이 맞을 테고, 어떤 부분에서는 남들이 나 자신보다 더 나를 잘 알고 있을 수도 있다.

문제는, 그 생각이 맞냐 틀리냐가 아니라, 내가 내 삶의 주체가 되어야 하는데, 실제로는 그렇지 못하다는 데에 있다. 계속 이렇게 '남들이 바라보는 나'에 맞춰 살게 된다면 정말 내가 원하는 것, 내가 좋아하는 것을 놓치게 될 수도 있을 것 같다.

대부분의 사람들이 나의 인식보다 남들의 시선에 더 관심을 갖는다. '행복하게 보였으면', '사랑받는 것처럼 보였으면', '친구가 많아 보였으면', '멋진 아이를 뒀다고 말해줬으면', '못하는 게 없어서 부럽다고 말해줬으면'이라며 남의 시선에 좇아 살아가는 사람들이 꽤 많다.

잘 사는 것처럼 보이는 것보다 더 중요한 것은,
정말 잘 살면서 행복을 느끼는 것이다.
좋아하는 것처럼 보이는 것보다 더 중요한 것은
진짜 좋아해서 즐길 수 있는 것이다.
잘하는 것처럼 보이는 것보다 더 중요한 것은
실제 잘하는 일로 가치를 창출하는 것이다.

나의, 나를 위한, 나에 의한 삶을 살자.

"남의 시선에 구걸하지 마! 그럼 넌,
네 인생에서 아웃 되는 거야!"

우물 밖 세상

저기 저 보이는 곳 말이야.
그곳 너머에 뭐가 있는지 궁금하니?
우물 밖 세상에 관심 있어?
아~
우물 안 개구리로만 살까 봐?
그럼 어때?
우물 안에서 너만 행복하면 되는 거야.
이 곳에서 행복하지 않은데,
바깥에 나간다고 뭐가 달라지겠니?

우물 안 세상

내가 아이들을 가르치고 있는 이곳은 한반도 남해안의 동쪽, 제주도 다음으로 큰 섬인 거제도이다. 부산이 고향인 나는 지도상 가장 가까운 거제도로 발령이 났다. 다행히 거가대교가 놓여 자주 부산을 오갈 수 있게는 되었지만, 어디를 가든 촌 동네에 산다는 오해는 귀신같이 날 따라다닌다. 서울로 연극수업 연수를 들으러 간 적이 있었다. 2박 3일 연수라서 그곳에 함께 참여한 선생님들과 수다를 떨 시간이 많았다.

"이혜정 선생님은 어디에서 오셨어요?"
"거제에요. 거제도. 경남에 있는."
"거기 섬 아니에요? 우와. 혹시 배 타고 들어가요?"

그동안 유명한 관광지에 산다고 우기며 다녔었는데, 아니었나 보다. 거제도는 많은 사람들이 잘 모르는 곳이었다. 하긴, 나 역시 발령 났을 때 3일 넘도록 울고만 있었으니까.

더군다나 칠천도라니……. 전교생이 30명밖에 없는 우리 학교는 거제도의 가장 큰 부속섬, 칠천도에 있는 벽지학교이다. 2년 넘도록 나는 매일 아침 다리를 건너서 아이들을 만난다. 나는 3명밖에 안 되는 우리 반 아이들에게 이런 말을 자주 한다.

"애들아, 우물 안 개구리가 되면 안 돼. 알겠지?"
"이곳이 너무나 아름답지만, 선생님은 너희들이 저 넓은 곳에서 살아보고 다양하게 느껴보고 경험했으면 좋겠어. 세상이 얼마나 넓은데."

자기 발로 거제 밖을 나가본 적이 별로 없는 이 학교 아이들은 의아해하는 눈빛으로 나를 본다. 사실, '왜 굳이 이곳을 나가서 살아야 하지?'하는 표정이긴 했다.

주변 선생님들은 자녀가 초등학생 고학년이 될 즈음이면 다른 지역으로 이동한다. 아이들의 교육을 위해서라고 한다. 이곳에서 공부하면 우물 안 개구리가 된다고. 조금이라도 더 넓은 지역으로 나가 더 잘하고, 열심히 하는 아이들을 봐야 정신 차린다고. 학원도 그런 넓은 곳에는 넘치고 넘쳐서 좋은 곳을 고를 수도 있다고.

내 아이도 5학년, 3학년이니 이 학교를 떠날 때 즈음 지역을 이동하면 되겠다고 조언까지 해주신다.
내가 그동안 아이들에게 노래 불렀던 '우물 안 개구리 되지 않기'

를 실천하기 위해서는 그게 옳은 일이다. 가능할 때 더 넓은 곳으로 나가보는 것도 참 괜찮은 방법인 것 같다.

큰아이, 둘째 아이와 식탁에 앉아 수다를 떨 때였다. 그냥 난 별생각 없이 물어보았다.
"애들아, 우리 사는 곳을 바꿔보는 건 어때?"

둘째가 신나 하며 말했다.
"네. 엄마. 나도 마당 있는 집에 살고 싶어요. 그럼 강아지도 키울 수도 있는 거죠? 앗싸!"
참 단순하다. 우리 둘째는.

역시 첫째는 이런 둘째와는 다르게, 좀 더 '생각'이란 걸 하고 말한다.
"왜요? 엄마? 어디로요? 혹시 엄마 학교가 다른 지역으로 바뀌어요?"

나는 그때도 별생각 없이 말했다.
"아니, 그건 아닌데. 너희들이 조금이라도 더 넓은 곳에서 살았으면 해서."

그랬더니 둘째가,
"여기도 넓은데. 왜 더 넓은 곳에서 살아야지?"라며 혼자 아리송해

하는 눈치다.

첫째도,

"나도 지금 사는 곳이 좋은데."라고 한다.

나는 갑자기 아이들의 마음을 떠보고 싶었다.

"애들아, 우리 동네는 학원도 별로 없잖아."

"엄마, 우리는 어차피 학원을 안 다니잖아요."

안 통하겠다 싶어 나는 괜히,

"엄마 생각에는 너희들이 더 잘하고 훌륭한 아이들을 많이 만나보지 못해서 약간 자만하는 것 같아. 안 그래?"라고 말해보았다.

그러자, 우리 철부지 둘째는

"엄마! 저 원래 잘하거든요! 흥! 자존심 상해."라 말하고,

애어른인 첫째는,

"엄마! 우리가 그 정도 구분 못 할 것 같아요? 그런데요. 저는 진짜 잘하는 거 맞아요."라고 장난치듯 이야기한다. 저 밑도 끝도 없는 자신감의 근원이 그들의 자존감인 것 같아서 굳이 따져묻지 않았다.

"으이구. 너희들이랑 대화가 안 돼. 이구, 잘난척쟁이들!"

사실, 아이들에게 물어볼 일은 아니었다. 그냥 별생각 없이 꺼냈던

말이었지만 괜히 생각만 많아졌다. 우물 안 개구리로 살기는 싫다. 내 아이들이 우물 안에서만 자라는 것을 원하지 않는다. 세계화 시대라는데, 이제 앞으로는 우주공간도 열릴 텐데, 이 작은 곳에서만 머물고 싶지 않다.

하지만 내가 지금 이렇게 고민하고 있는 이유는, 여기서 충분히 행복하기 때문이다. 우선은 아직 아이들 교육에 있어서 부족함을 느끼지 못했다. 학원 없이도 아이가 스스로 필요한 공부를 하고 있으며, ebs, 유튜브 등 훌륭한 온라인 교육 매체들도 넘쳐난다. 그것만 잘 활용해도 여느 학원 부럽지 않게 할 수 있었다. 아두이노 코딩부터, 역사, 영어 문법, 과학 등 내가 이곳에 살기 때문에 누리지 못하는 것은 하나도 없었다.

"여보, 당신은 계속 거제에 살고 싶어요? 다른 곳에서도 한번 살아 볼까요?"
내가 신랑에게 이렇게 물어보았다. 물론 신랑의 답변은 나에게 큰 영향을 주진 않는다.
"왜? 여기도 좋잖아."
"더 넓은 곳, 더 큰 곳에서 우리 아이들이 살아야 하지 않을까 해서."
"그곳에 가도 다 똑같을걸. 뭐가 달라질 것 같은데."
가만히 생각해 보았다. 만약 내가 큰 도시로 나가 산다고 가정해 보자. 지금 우리 집 규모의 집에서 살려면 대출을 2억은 더 내야 할 것이다. 주변에 그 많은 학원들이 있음에도 불구하고 역시나 집돌이 두 아들은 집에서 나와 함께 공부할 것이다. 아, 문화생활? 그건 그다지 교양 없는 우리 집 남자들에게는 해당 사항이 없다.

뭐, 결론이 났다. 나는 그냥 우물 안에서 행복하게 살겠다. 물론 앞으로 살면서 부족함을 느끼게 될지도 모른다. 그럼, 그때 우물 밖으로 나가면 될 것이다. 굳이 지금, 이 우물 안이 너무 편하고 좋은데, 낯선 바깥으로 나가고 싶지 않다.

학교 아이들을 다시 마주했다.
"애들아, 너희는 '우물 안 개구리'에 대해 어떻게 생각하니?"
그렇게 질문하니, 이 착한 아이들은 그동안 들어왔던 게 있어서 그런지,
"우물 안 개구리가 되면 안 되지요."
"넓은 곳에서 살아야 배울 것도 많잖아요."라고 말한다.
어떤 한 아이는 뭘 잘못한 마냥, 걱정 어린 표정으로
"저는 그냥 이 칠천도가 좋은데."라고 했다. 본인이 우물 안 개구리라 여겨져서 슬펐던 모양이었다.
나는 그동안 나의 생각이 정정됐음을 말해주었다. 사람마다 생각이 다른 거라고. 우물 속에서도 행복하다면 된 거라고. 우물 밖을 나가야 행복한 사람은 그리 살아야 하지만, 아닌 사람도 있다고. 그러니 자신이 행복한 쪽으로 살면 된다고.

난 앞으로 학교 아이들에게도, 우리 아이들에게도
그저 '새로운 세상으로 나가봐!'라고 하지 않을 것이다.
'먼저 우물 안에서라도 행복해지렴.'이라고 말해줄 것이다.
우물 안에서도 행복하지 않다면 나간들 어찌 즐거울 수 있을까?

네가 날 수 있을 때,
너는 진정한 행복을 느낄 수 있는거야.
- 날아이에게 나는 많을 가르쳐준 고양이 中 -

날려고
노력하는
아줌마

네가 언제 행복을 느낄 수 있는지
너는 아니?
그걸 알면
반은 온 거야.

갈매기에게 나는 법을 가르쳐준 고양이

루이스 세뿔베다의 '갈매기에게 나는 법을 가르쳐준 고양이'는 갈매기의 알을 품게 된 검은 고양이 소르바스의 이야기이다. 오염된 바닷물로 기름에 뒤덮인 갈매기가 우연히 만난 고양이에게 자신의 알을 부탁하고 죽게 된다. 새끼가 태어나면 꼭 나는 법을 가르쳐달라는 말을 남기고서……

검은 고양이 소르바스는 친구 고양이들의 도움으로 갈매기 알을 부화시키고, 그 갈매기의 엄마가 된다. 날아야 할 때가 온 새끼 갈매기에게 소르바스가 나는 법을 알려주려고 하자, 갈매기는 싫다고 한다.

"왜 내가 날아야 해?"
"넌 갈매기잖니."
"난 그냥 고양이가 될래. 그럼 날지 않아도 되잖아."

소르바스는 그런 갈매기에게 이렇게 말해준다.

"네가 날 수 있을 때, 너는 진정한 행복을 느낄 수 있는 거야."

소르바스는 사랑하는 갈매기가 자신의 곁에서 영원히 머물렀으면 하는 바람이 있었지만, 그를 진심으로 사랑하기에 나는 법을 알려 준다.

누구든 자신의 자리가 있다. 그 자리는 직업을 나타낼 수도 있고, 역할, 지위 등을 의미할 수도 있을 것이다. 자신의 자리에서 자신이 해야 할 일을, 할 수 있는 일을 제대로 하는 것은 쉽지 않은 일이다. 난 뜬금없이 행복의 방법을 고민했다.

내 자리에 어울리게 사는 것, 내가 맡은 역할에 충실한 것.
이게 바로 행복의 필요조건이었다.
적어도 자기 자리에서 제대로 시간을 쓰는 사람은 행복하지 않을 수 없을 테니까. 만족감에서든, 성취감에서든.

행복하지 않은 부모에게 물을 것이다.
"당신은 부모로서 당신의 일을 잘하고 있나요?"
"당신이 해야 하고, 당신이 할 수 있는 일에 최선을 다하고 있나요?"
보람과 행복을 느끼지 못하는 교사에게 정말 묻고 싶다.
"교사로서 당신은 당신의 일에 충분히 애를 쓰고 있나요?"

그리고…… 행복을 느끼지 못하는 아이에게 다가가 난 이렇게 묻는다.

"얘야, 행복을 모른다고 했니?"

"네. 행복하다고 느껴본 적이 별로 없어요."

"혹시 넌 네가 누군지 잘 알고 있니?"

"네. 저는 초등학생 4학년 OOO이에요. 우리 엄마, 아빠 아들이기도 하고요."

"그럼, 넌 어떤 아이이어야 할까?"

"음. 부모님과 선생님 말씀 잘 듣고, 내 꿈을 위해 열심히 공부해야죠. 운동도 열심히 하고요. 아! 친구와도 잘 지내야겠죠?"

"맞아. 그럼, 그렇게 한번 노력해 볼까?"

"네? 그렇게 다 해야 해요?"

"다는 못해도 할 수 있는 만큼 해보렴. 넌 그런 너의 모습을 사랑하게 될 거고, 그게 네 행복의 시작이란다."

오늘도 나는 엄마로서, 교사로서, 아내로서, 딸로서 할 수 있는 일과, 해야 할 일을 묵묵히 해냈다. 그리고 지금 난, 내 삶의 이유를 찾아, 행복을 느낀다.

왜 집에만 있냐고?
내가 삶을 잘 못 즐기는 것 같지?
천만에.
나도 하루하루가 참 즐겁다고.
뭐든,
나만 좋으면 돼.
네 생각대로 판단하지 마!

나만 좋으면 돼

"혜정아, 너 참 재미없게 산다."
테이블에 앉아 색연필로 그림을 그리고 있으니, 신랑이 이렇게 혹 내뱉고 갔다.
"무슨? 난 재밌어서 하는 건데."
이 말에도 고개를 도리도리 내저으며 지나간다. 굳이 열 받게 하면서, 뭐 도움을 주는 것 하나도 없으면서 저렇게.

캠핑장에 갔다. 그늘 아래 테이블과 나만의 안락한 캠핑의자를 펼쳐놓고, 난 책을 읽는다. 납작한 돌들을 어디서 주워왔는지, 세 남자는 한쪽에서 비석 치기를 한다. 한참이 지나 다시 고개를 돌려보니, 캐치볼을 한다고 또 난리법석이다.

아이가 묻는다.
"엄마, 왜 그리 재미없게 놀아요?"
"야! 엄마도 재미있거든."

나의 대답을 들었는지 안 들었는지 자기들끼리 또 고개를 도리도리 한다.

마음먹고 제주 보름 살기를 하러 간 적이 있었다. 잠자리를 바꾸는 것이 싫어 보름 동안 한곳에서 머물 수 있도록 마음에 드는 집을 골라 15일간 렌탈을 했었다. 그때는 코로나 전이어서, 많은 선생님들은 해외여행으로 휴가를 보내고 있었다.
"왜? 태국이나 말레이시아, 또는 호주에서 보름살기하지? 아이가 그만큼 컸을 때 나가보면 영어실력뿐만 아니라 견문도 넓어지고 좋아."
이런 주변의 말들에 난 들리지 않는 목소리로 이렇게 또 말했다.
"전 그냥 이게 좋아요."

사실 나 같은 엄마 만나서 5학년, 3학년이 된 아들들은 해외여행 한번 가 본 적이 없다. 코로나 핑계 대며, 저 멀리 나가지 않는 게 당연시되는 지금 현실이 참 다행이라고 생각할 정도이다.

옆 학교에 해외 파견을 여러 번 다녀오신 선생님이 계신다. 해외여행을 좋아하고, 좀 더 세계적인 교육을 시키고자 하는 주변 선생님들은 그 선생님을 아주 부러워했다. 파견을 가기 위해 준비해야 할 것들을 공유하다가, 어느 순간 자신의 더 나은 삶을 위해 무엇을 해야 하는지에 관한 열띤 토론의 장이 펼쳐졌다. 그 자리에서 아무 말 없는 내가 괜히 이상해 보일 정도였다.

그때 대화에서 나누었던 더 나은 삶을 위한 방법들을 정리하면 다음과 같았다. '세계화 시대에 맞춰 넓은 세상으로 나가 경험하기', '세계 공용어인 영어를 모국어처럼 하기', '자녀를 해외에서 공부시키기' …… 나는 결코 해외여행을 가보고 싶어 한 적이 없다. 경남을 떠나 살아보고 싶어 한 적도 없다. 내 아이의 영어학습도 2학년이 되어서야, 그것도 영어발음이 아주 한국적인 내가 직접 가르쳤다. 내 아이가 만약 해외에서 공부하고 싶다고, 살고 싶다고 한다면 난 최대한 그 허락을 뒤로 미룰 것이다. 아이의 교육을 위해 인도에 주재원으로 파견 나가는 동생네를 보고 있으면 우물 속에서 즐기고 있는 내가 조금은 다르게 보이기도 한다.

최대한 편안한 곳에서, 한껏 비비며 소통하고, 웃으며 지내는 게 나에게는 큰 행복이다. 지금처럼.

난 대한민국의 아래에 있는 조그마한 섬, 거제도의 그저 그런 동네, 아주동의 34평 아파트, 그리고 그곳의 2평 남짓한 내 공간에서 일주일도, 한 달도 잘 보낼 수 있다. 부산에 사시는 부모 곁에서, 편안하게 내가 소통할 수 있는 이 한국에서, 나의 철 없는 세 남자들과 그저 지금처럼 살고, 놀고 싶다.

지루하지 않고, 즐겁게.
아쉽지 않고, 행복하게.
외롭지 않고, 보람차게.

야, 허세 좀 부리지 마.
그걸 근자감이라고 해.
근거 없는 자신감! 알아?
내가 봤을 때, 사실 넌 그렇게 자신감
을 가질 정도는 아니야.

뭐라고?
근거가 있다고? 그게 뭔데? 어디? 어디?
헉,
뭐?
네 몸속 가득 자리한 자존감? 그게 근거라고?

근거 없는 자신감

교실 속 아이들을 보면 참 가지각색이다. 잘하지도 못할 것 같고, 그 능력도 아직 갖춰져 있지 않은데, 늘 자신감이 가득 찬 아이들이 있는가 하면, 잘 할 수 있을 것 같은데도 자신감 없이 어떤 일 앞에 소심해지는 아이가 있다.

수업 중 아이들에게,

"앞으로 나와서 이거 해보고 싶은 사람 있나요?"라고 말했다. 역시, 늘 손을 드는 아이가 또 손을 헐레벌떡 든다. 친구들은 그 아이에게 이렇게 말한다.

"와, 쟤 근자감 쩔어."

말이 다소 거칠다고 지도한 후에 나는 아이들에게 이렇게 말했다.

"왜 그래? 이 친구의 자신감이 근거 없는 것이라고 생각하지 마. 뭐든 다 이유가 있는 거야. 우리가 모를 뿐. 선생님은 이 자신감의 근거가 있든, 없든, 뭔가를 하고자 하는 열정이 있다는 점에 박수를 보내고 싶어. 내 자신감의 근거를 찾느라 아무것도 못 해보는 아이와 그래도 뭐든 해보는 아이가 10년 후 얼마나 다를까?"

'근자감'이란 근거 없는 자신감의 축약어이다. 그다지 긍정적인 표현의 단어는 아니다. 오히려 민폐로 분류되는 단어 중 하나다.
자신감은 철철 넘치는데 본인을 뺀 누가 봐도 그 이유를 알 수 없을 때 이 단어를 사용한다. 자신과 주변을 현실적이지 못한 시각으로 보는 사람, 만용과 허세를 부리는 사람들에게 적절한 표현이다. 근거 없이 자신감만 갖고 행동하면 본인의 정신건강에야 이로울 수 있어도, 앞으로의 일이 어려워질 수도 있다. 허세로 시작한 사업이 망해서 힘든 나날을 보내야 하는 몇몇 사람들의 사례들만 봐도 알 수 있다.
그럼, 이 근자감의 원인은 무엇일까? 바로 '정신승리'이다.

일본의 교육학자인 하야미즈 도시히코 교수의 저서 〈그들은 왜 남을 무시하는가〉에는 '가상적 유능감'이란 말이 나온다.

요즘 젊은 사람들은 '확장된 자아', '위축된 자아'라는 상반된 두 개의 얼굴을 가지고 있는데, 위축된 자신을 감추기 위한 방어기제로 '확장된 자아'를 드러낸다고 한다. 그리고 이런 심리를 '가상적 유능감'이라고 설명하고 있다. 직역을 해보자면, 있지도 않은 자신감을 의미한다. 그리고 요즘 사람들은 이것을 신조어로 '근자감'이라고 말하고 있다. 책 속에서 내리는 결론은 이런 '가상적 유능감'은 극복해야 하는 심리라는 것이다. 책 제목에서도 알 수 있듯이, 저자는 남을 무시하는 이유와 내가 무시당하는 이유가 모두 이 '가상적 유능감'에 있다고 했다. 역시 이 책에서도 이 단어를 부정적인 용어로 바라보고 있었다.

난 가상적 유능감, (아니 근자감이라고 말하겠다.) 근자감은 우리가 탈피해야 하는 대상이 아니라고 생각한다. 이 책이 2007년도에 번역 출판되었으니, 그 이전에 썼던 글이었을 테고, 그 시기만 해도, 괜히 자신감만 높은 사람을 겸손하지 못하다고 손가락질하던 때였다. 하지만 지금은 어떤가? 뭐든 자신을 홍보해야 잘 살 수 있는 시대다. 홍보를 하기 위해서는 약간의 과장과 치장은 필요하다. 10개를 가지고 있다면 "나는 곧 20개를 가질 사람이다."라고 말해야 주목을 받을 수 있다. 반대로 자신의 능력이 다 채워질 때까지 그저 기다리고 있는 사람들은 결국 그 능력을 써볼 기회도 잃은 채 묻혀질 수가 있다. 나중에 되어 '나 뭐 했지?' 할 것이다.

늘 자신감에 차 있는 사람들을 두 부류로 나눈다면, 첫 번째는 자기효능감도, 자존감도 둘 다 높은 사람이고, 둘째는 자기효능감은 낮은데 자존감은 높은 사람이다. (자기효능감은 자기가 뭘 잘하는지 아는 것을 의미하고, 자존감은 자기 자신이 가치 있는 사람이라고 느끼는 것을 말한다.) 근자감 높은 사람은 바로 후자에 속한다. 자존감은 높은데, 자기효능감은 낮다. 자기가 뭘 잘하는지는 아직 모르지만, 자신을 꽤 사랑하는 사람이다.

자기효능감도, 자존감도 둘 다 높으면 제일 좋겠지만, 둘 다 없는 것보다는 자존감만이라도 있는 게 낫지 않을까? 적어도 자존감이 있는 사람은 자신의 삶에서 늘 당당할 것이다. 자신의 가치를 믿고서 뭘 자꾸 하다보면 자신이 뭘 잘하는지, 어떤 부분에 능력이 있는지 아는 건 시간문제다. 자기효능감 쯤은 나중의 문제일 수 있다.

소심하고, 겸손의 미덕을 갖춘 우리집 첫째 아이는 어떤 일을 앞두고, "엄마, 내가 잘 할 수 있을까?" 걱정하며 꼭 나의 허락을 구한다. 반면에, 정말 목소리만 큰 둘째 아이는 늘 자신이 잘한다고, 잘 할 수 있다고, 그러니 다 할 거라고 난리다. 나와 신랑은 늘 둘째보다 첫째 아이를 걱정하고 안타까워한다. 살면서 뭔가를 해볼 기회를 놓치게 될까 봐. 자신의 능력을 정확히 알 수 있으려면, 다양한 경험을 해봐야 하는데, 그 경험에서 나서지 않을까 봐. 숨을까 봐. 그래서 난 우리 아이들이나 학교 내 반 아이들이 뭐든 자신감을 갖고 해보길 바란다. 비록 누군가로부터 근자감이라는 말을 들을지라도 "근거? 있어. 넘쳐나지."라며 기세등등 하고 싶은 일들 머뭇거리지 않고 도전했으면 좋겠다.

그러니까,
근자감이라도 있는 아이로 키우자.
그 아이의 몸속 가득,
자존감으로 꽉 채울 수 있게 도와 주자.

왜? 아이들은 그 자체로 충분히 근거가 되니까.

왜, 그리워?

그럽죠. 가족들도, 바다도.

이제야 후회되나 봐.

네. 그렇네요.

그러니, 왜 그랬대?

꿈이었어요. 하루만이라도 그와 함께
천국 같은 삶을 살고 싶었거든요.

자, 선물! 네 자존감.

있잖아.

가장 중요한 것은 너야.

네 꿈에 네가 중심이 되어야지. 안 그래?

누군가로 인해 네 삶이 송두리째 변했잖아.

네게 미안하지도 않니?

불멸의 영혼을 얻었다고? 그래서 괜찮다고? 합리화시키지 마.

결국은 넌 사랑 때문에 너를, 가족을, 삶의 터전을 잃은 슬픈 인어

일 뿐이야.

어릴 적 인어공주를 읽은 기억이 난다. 왕자님을 만나기 위해 자신

의 목소리를 내어주고 인간의 다리를 얻는 인어공주가 그저 '예쁘

지만 멍청한 아이'라고 생각했다. 책을 다 읽고 나서도 독자의 마

음을 찜찜하게 만드는 그런 새드엔딩의 동화는 더더욱 이해하기

가 힘들었고 싫었다.

'아이들이 읽는 동화인데 왜 굳이 새드앤딩으로 만들어 놨을까?'
마지막에,『왕자가 인어공주의 사랑을 알아차리고 조금씩 마음을
열었다.』를『물거품 되어 사라졌다.』대신 쓰는 것이 그리 힘든 일
도 아니었을 텐데 말이다.

그게 언제였는지는 모르겠지만 실제 인어공주의 원작은 해피앤딩
이었다 라는 말을 들은 적이 있다.

'그럼, 그렇지. 당연히 그래야지. 안 그러면 인어공주의 선택이 얼
마나 허무하겠어?'

하지만 원작도 내가 생각했던 앤딩을 가지고 있진 않았다. 결국 인
어공주는 원작에서든, 아니든, 물거품이 되어 있었다. 원작 속, 인
어공주는 사라지지 않는 영혼이 되어, 아픔과 결핍이 없는 곳으로
승천하면서 어이없게도 행복해했다. 왕자의 결혼을 축복해 주면
서.

'뭐지? 행복하다고? 왕자와의 결혼이 꿈이라며? 그럼, 네 가족은?
네 바다는?'

어린 마음에 모든 게 이해되지 않았다. 글 내용도, 인어공주의 마
음도.

'불멸의 영혼? 그게 뭐야? 그게 뭐라고, 죽는 것보다 낫다는 거야?'
그때 난, 내가 아직 덜 커서 뭘 모르는 걸 거라고 생각했다.

하지만 만약 지금, 누군가가 내게,

"불멸의 영혼을 가지게 해줄 테니, 올라갈래? 저 위로."라고 제안을 하거나,

"네가 감히 꿈꿀 수 없었던 불멸! 그 행복을 네게 줄 테니, 넌 무엇을 줄래?"라고 영업까지 하려 한다면, 나는 내가 아는 모든 욕설을 동원해 거절을 날릴 생각이다.

내 가족, 내 일, 내 터전을 절대 그것과 바꿀 수 없다. '불멸'은 무슨! 턱도 없는 일이다.

결국, 난 예전에도, 지금도 인어공주를 이해하지 못한다. 아니, 이해를 넘어서 한심하기 짝이 없다고 생각하고 있다.

도대체 이 '인어공주'를 누가, 왜, 만들었을까?

인어공주 동화의 작가는 그 유명한 안데르센이다. 덴마크 출신의 안데르센은 불우한 환경에서 살았다고 한다. 15세 때, 그는 무일푼으로 코펜하겐으로 가서 배우 일을 하며 돈을 벌다가, 누군가의 도움으로 학교공부를 마무리할 수 있었고 그때부터 제대로 글을 쓰기 시작했다. 글로써 인정받게 되면서 점차 유명세를 탄 안데르센은 사회적, 경제적으로 우월한 사람들 속에서 관심을 얻게 된다. 하지만 그는 여전히 마음속 깊은 곳에 불안감과 자괴감을 안고 있었다. 이것은 어릴 적 삶, 환경이 그 사람에게 깊이 박혀 뽑을 수 없는 뿌리가 된다는 것을, 우리가 살면서 어쩌질 못하는 것이 분명 존재한다는 무서운 진실을 증명하는 셈이다.

이런 안데르센은 자신의 마음을 그의 작품들에 각기 다른 모습으

로 고이 숨겨두게 된다. 작가 재키 울슐라거가 안데르센을 "성공한 미운 오리 새끼, 고결한 인어공주"라고 표현한 것을 보면 그의 유명한 동화 속 주인공들은 긍정적이든, 부정적이든 그의 내면을 보여주고 있는 게 틀림없다. 인어공주 또한 안데르센 본인을 모델로 한 이야기이다. 그렇다면, 어떤 점에서 인어공주와 안데르센이 닮은 걸까?

안데르센은 평생 독신이었다. 그는 대인관계도 서툴렀으며, 그래서인지 여성들로부터 번번이 청혼을 거절당했다. 오랫동안 좋아했던 사람이 결혼한다는 소식을 듣고 상실감에 빠져 섬에 들어가 적은 게 바로 이 '인어공주'이다.

마음을 제대로 표현하지 못해 늘 답답하고 애처로웠던 안데르센은 자신을 위로하기 위해 인어공주에게 목소리를 뺏는다. 그러고 나서, '목소리가 없는데, 어떻게 마음을, 진실을, 알릴 수 있겠어? 어쩔 수 없잖아.'라고 합리화했다.

나는 "목소리를 못 내면 마음을 표현할 수 없다."라는 일반화의 오류에 빠진 작가와 인어공주가 참 안타깝다. 그들은 아직도 자신들의 답답한 행동들에 괜찮다고, 어쩔 수 없었다고 말할 수 있을까? 안데르센은 또 자신을 싫다고 차버리는 상대들에게 끝까지 사랑을 구걸하지 않겠다고 다짐하면서 결국 인어공주를 물거품으로 만들어 버렸다.

자존감 낮은 자신처럼, 인어공주도 정작 자신보다 왕자를 사랑하는 비련의 주인공이 되어 있었다.

"단 하루만 인간이 되어 그 천국 같은 세상을 살 수 있다면 제 300
년의 생명을 내놓겠어요."

'이 얼마나 어리석은 말인가?'
'인어공주는 과연 행복했을까? 불멸의 존재가 되어 만족했을까?'

아니, 나는 그렇게 생각하지 않는다. 분명 인어공주는 자신의 선택
을 후회했을 것이다. 바다를 보며 가족들을 그리워하고, 마음을 몰
라주는 왕자를 미워했을 것이다. 그리고 그렇게 만든 자신을 탓하
며 매일매일을 무너진 자존심으로 살고 있을지도 모른다.

자존감이다. 중요한 것은 그것이다. 자존감이 있다면 절대 자신의
삶을 누군가가 흔들게 두지 않을 것이다. 자신의 행복을 좀 더 현
실적이고 합리적인 방법으로 만들어 나갔을 것이다.

틀림없이 후회하고 있을 인어공주에게 나는 '자존감'을 선물해 주
고 싶다. 그녀를 만든 안데르센에게도 없던 그것 말이다.

당신은 이래서 안 되고, 저래서 안 돼요. 그러니 당장 고치세요!
서운해하지 말아요. 저도 사실 고칠 게 많더라고요.
그래서 늘 노력 중이에요.
네? 만약에 그렇게 기대하는 대로 못 고치면 어떻게 되냐고요?
싫어할 거냐고요? 나를요?

조건 없이
나 사랑하기

나를 좋아하는 기쁨 ♥

음…… 모르겠어요. 실망하게 되고, 불안할 것 같긴 해요.
결국 싫어하게 되겠죠. 내가 나를요. 정말 무서운 일이네요.
그런 일이 안 생기게 하려면 어떻게 해야 하죠?
뭐라고요? 조건들을 몽땅 버리라고요? 그냥, 사랑하라고요?
그냥 나니까, 그냥 너니까 사랑하라고요?
음…… 노력은 해볼게요. 근데 정말 이상적인 얘기네요.

조건 없이 나 사랑하기

몇몇의 막장 드라마를 보면, 조건이 변한 상대를 이전과 다르게 대하는 못돼먹은 역할들이 나온다. 상대가 가난해졌다고, 뚱뚱하거나 못생겨졌다고, 직업을 잃었다고, 사랑이 변했다 하면서 상처를 주기도 한다. 그리고 그런 역할을 보며 너도나도 할 것 없이, '어머, 정말 못됐다.', '인성이 뭐 저래?'라며 괜히 그 배우까지 싫어하겠다고 난리다.

'어머! 저 사람 조건 보고 좋아한 거야? 그럼 안되지. 음, 너무 현실적이고 계산적이야. 안돼! 안돼!'

오늘 저녁 신랑이 좋아하는 스팸을, 그것도 직접 구워서 따로 예쁜 접시에 담아주기까지 했다.
"왜 그래? 무섭게. 스팸을 직접 구워주다니. 애들아! 너네 엄마 오늘 왜 그러시니?"
"당신이 어제 애들하고 열심히 축구했잖아. 그 뚱뚱한 몸으로 뛴다고 얼마나 힘들었겠어?"

"역시, 그러면 그렇지. 혜정이 넌 내가 애들한테 좀 잘해야 이렇게 살갑게 해 주더라."

"여보! 원래 사랑은 조건적이야. 몰랐어?"

바로 며칠 전, 조건 따지면서 이리 재고 저리 재는 드라마 주인공에게 욕세례를 날렸던 나인데, 이젠 대놓고 '조건적 사랑'을 주장하는 건 또 뭔가?

'사랑은 당연히 조건적이어야 하는 거 아냐?'

'그게 아니라면, 무조건적인 사랑이 어떻게 가능하지? 신이면 모를까.'

며칠 상간, 한입으로 다른 말을 내뱉은 내가 조금은 창피하게 느껴졌지만, 그게 현실이고 당연하다고 생각했기에 뻔뻔한 웃음으로 모른 체했다.

문득, 작년에 읽었던 책에서 '조건 없는 사랑'에 대한 글을 봤던 기억이 났다. 그리고 책장으로 가서 다시 찾아 빼내어 읽어 보았다. 아니타 무르자니의 '나로 살아가는 기쁨'이다.

주인공 아니타는 4년간의 암투병을 하다, 임사체험을 하게 되고, 그 계기로 새로운 삶을 살게 된다. 자신의 삶을 되돌아보고, 삶의 기쁨을 찾게 되면서, 그 과정에서의 감동과 깨우침을 고스란히 글로 풀어놓았다.

이 책의 저자는 자신을 받아들이면 받아들일수록 자신을 평가하는 일이 줄어든다고 했다. 그뿐만 아니라, 상대를 기준에 따라 판단하는 것도 덜하게 된다고 말한다. 한마디로 상대의 조건을 따지는 것은 자신을 무조건적으로 받아들이지 못하기 때문이란 말과도 같다.

'자신을 무조건적으로 받아들이기?'

나는 나에 대해서 생각해 보았다. 남들보다 잘 못 놀아서 주눅 든 적이 있다. 키가 작다고 스스로를 밉게 생각하거나, 남들보다 겁이 많아 위축된 적도 있었다. 여행 경험이 나보다 더 많다고 다른 사람을 부러워한 적도, 돈을 많이 버는 주변인들에 샘낸 적도 많다. 그리고 이럴 때마다 나는 나를 미워할 수밖에 없었다.
'왜 난 더 부지런하지 않지?'
'왜 난 쟤들처럼 돈을 못 벌지?'
'왜 난 아직도 무섭지? 다 큰 어른인데.'
늘 나는 나를 재어보고 판단했다. 상대가 원할 것 같은, 사회가 원할 것 같은 나를 기준으로 세워놓고, 그대로의 나 자신을 사랑하지 못했었던 것 같다. 그와 동시에 난 내 주변인들을 내가 생각했던 조건들에 비추어 판단하기 시작했다. 사람들은 자신에게, 또는 제일 가까운 가족에게 더 인색한 법이다. 신랑을 내 기준으로 고치려고, 내 아이를 내 기준으로 키우려고 무진장 애를 썼다. 하지만 그럴 때마다 나에게 남는 건 행복이 아니었다. 무언가를 고치거나

'더 좋게 만들어야 한다'는 믿음이 그 반대의 효과를 부를 수 있다고 한다. 결국 두려움과 불안이 커졌다.

'나는 날 조건 없이 사랑하고 있는 걸까?' 아니라는 걸 알면서도 혹시 몰라 책에 나온 체크리스트를 살펴보았다.

〈조건 없는 사랑을 경험하고 있는지 확인하는 방법〉

1. 당신은 사람들이 자기 자신에 대해 새로운 사실을 발견하고 영적으로 성장하는 모습을 보았을 때, 진심으로 행복해하며 축하해줄 수 있는가?
2. 그런 일로 위협을 느낀다거나 자칫 내 상황이 바뀔 수도 있겠다고 걱정하진 않는가?
3. 배우자와의 관계에서 서로 자신의 진정한 모습으로 살 수 있게 자유를 주고 있는가? 그리고 상대가 정말 행복해하는 일을 적극 지지하는가?
4. 둘 중 한쪽이 때로 더 줄 수도 있고 더 받을 수도 있지만, 전체적으로 서로 주고받음이 적절한 균형을 이루고 있다고 느끼는가?

나는 네 가지 모두 'No'였다. 슬픈 얘기지만 난 나를 무조건적으로 사랑하지는 않았고, 내 신랑에게도 온전한 사랑을 주지 못하고 있었다.

예쁜 옷을 입었을 때, "나 예쁘네."
교사 연구대회에서 입상했을 때, "나 잘하네."
아이가 열심히 공부를 할 때, "나 잘 키웠네."
신랑이 잘해줄 때, "나 시집 잘 갔네."
그날 계획이 잘 지켜졌을 때, "나 잘 살고 있네."

늘 조건이 앞섰던 내 사랑……
조건이 없을 때 그 사랑이 배가 된다는 것을 그동안 몰랐다.
불안해하는 나를 위해,
나 때문에 피곤한 내 가족을 위해,
이제라도 있는 그대로를 사랑해 보려고 한다.

오늘 밤 난,
아무도 모르게
그저 좋은 나로,
그저 사랑스러운 나로,
그저 예쁜 나로,
살아가는 기쁨을 맛볼 준비를 한다.

울어! 울어도 돼.
누가 어른은 울면 안 된다고 그랬니?
괜찮아.

우는 일은
영혼을 물로 깨끗이 씻어내는 거래.

그러니까,
너의 모든 뜨거움과 서늘함,
밝음과 어둠을 담아서
실컷 울어!

울어도 돼

매일매일 아이의 눈빛과 표정을 관찰하는 버릇이 있다. 누군가는 이를 직업병이라고 일컬을 테지만, 사실 병이라고 이름 붙이기에 는 서운할 정도로 나에겐 유익한 습관이다. 그날도 등교하는 아이 들을 바라보며 인사를 나누고 있었다. 늘 밝았던 아이의 눈가 공기 가 그날따라 차갑게 느껴졌다. 눈의 색이 좀 날카로웠다.

"00아, 아침에 무슨 일 있었어?"
"아뇨."
"표정이 불편해 보여서. 괜찮아?"
"네. 괜찮은데요."

아이들은 자신의 감정을 쉽게 드러내지 않는다. 창피하거나 자존 심 상하는 일로 생각한다. 특히나 부정적인 감정을 가족 아닌 타인 에게 드러낸다는 것은 예민한 아이들 입장에서는 수영장 공용탈 의실에서 옷을 벗어야 하는 낯뜨거움 정도라 볼 수 있다.

이런 아이들을 그냥 놔두면 어떻게 될까? 꼭 싸움이 난다. 치고받고 하는 몸싸움이 아니더라도, 누군가는 상처를 주고 또 누군가는 상처를 받는 일이 생긴다. 보이지 않는 신경전이라도 해서 자기감정의 자존심이라도 세워주고 싶을 것이다.

본능일까? 누구나 자신의 마음을 어떤 형식으로든 표현하려고 한다. 솔직하고 바람직한 방법으로 드러내지 못했다면, 만만한 어떤 상대가 나타났을 때, 약간 꼬인 방법을 써서라도 감정을 의도적으로 들키고 만다.

그래서 나는 아이들의 눈빛과 표정을 살피고 나서, 마음의 어떤 문제가 느껴지면 어떻게든 그 아이를 울게 만든다. 단순한 질문에도 자신의 감정을 드러내 준다면 제일 고마운 일이지만, 많은 아이들이 그렇지 않다. 폭발할 수 있도록 마음의 문을 두드린다. 본인이 열고 나올 때까지.

그럼, 어떻게 아이의 마음 문을 두드리냐고?

약간의 거짓말을 섞을지라도, 내가 아이와 비슷한 감정의 상황을 경험한 적 있음을 알려주는 것이다.

"선생님이랑 얘기 좀 할래?"

"오늘 너 기분 보니까 딱 예전 나와 같은 것 같아서."

"어떻게 아는지 알아? 오늘 네 눈의 색깔과 그때 선생님 눈 색깔이 비슷하거든. 예전에 선생님은 친했던 친구가 내 마음을 잘 몰라줘서 정말 서운하고, 속상했던 적이 있어. 근데, 그런 경험은 나뿐만

이 아니라 누구나에게 다 있더라고."
"너도 그런 거야? 친구 때문에? 아님, 가족 때문에?"

아이는 이미 자신의 감정을 들켰다 라고 생각하기 때문에 이제 서
슴없이 풀 수 있다.
"아침에, 엄마와 아빠가 다투셨어요. 그래서 기분이 안 좋아요."
아이는 결국 참았던 눈물을 터뜨린다.

'얼마나 불안하고 속상했을까?'

"속상했겠다. 선생님도 예전에 부모님께서 다투실 때 너무 슬펐었
는데."
"근데, 너 친구들하고 싸울 때 있지? 마음이 다 같을 수는 없으니
까, 생각이 다 다를 수밖에 없으니까, 그래서 가끔 다투잖아. 그런
데도 친구들 좋지? 너 친구들 엄청 좋아하지? 그거랑 같아. 엄마
아빠는 친구들보다 더 오래, 가까이 지내야 하는 부부 사이야. 그
러니 당연히 다툴 수밖에. 너가 생각하는 것 훨씬 이상으로 엄마와
아빠는 가까운 사이란다. '부부싸움은 칼로 물 베기'라는 말이 팬
히 나왔겠어?"

아이가 불안했을 거라고 충분히 짐작할 수 있었다. 하지만 안심할
수 있도록 말을 해 주어야 했다.
울음을 통해 상처에서 속상함과 불안함 등이 동시에 흘러 나온다.

그게 다는 아니라도 아이의 감정은 울음을 통해 많이 차분해 진다. 난 아이가 울음을 그쳤을 때, 약을 발라줄 뿐이다. 부정적인 마음이 흘러 나온 그 자리에 연고를 바르고 밴드를 붙인다. 다독이는 말로, 격려의 눈빛으로.

우리집 둘째 우영이는 고집이 세다. 한 번씩 자기 분에 못 이겨 울 때가 있다. 순하디 순한 양 같은 큰 아들을 키우다가 이런 둘째를 만나서 얼마나 당황스러웠는지 모른다.

어느 날, 우영이의 표정이 심상치 않았다. 작년 말에 큰 아이 폰을 해주었는데, 그 기계를 내 폰 공기계로 다시 바꿔주었다. 사양이 더 높다고 큰 아이는 행복한 듯 하루종일 싱글벙글이었다. 둘째는 아직 폰도 없는 데다가 형은 기계까지 바꾸고, 멋있는 폰케이스까지 가지니 샘이 날만 했다. 최근 형이 이 대회, 저 대회 참가하는 바람에, 엄마의 시간도 형에게 양보해야 했고, 형이 놓치고 안 한 숙제를 엄마한테 일러주다가 괜히 자기가 더 혼이 난 적도 있었다. '우영이 너 많이 쌓여 있구나.'

아이에게 미안한 마음이 들었다. 저 서운한 마음을 얼른 풀어주지 않으면 그 마음은 미움으로, 더 쌓이면 화로 변할 것이다. 그래서 나는 또 아이를 울려야 했다.

"우영아, 엄마랑 데이트 할래?"
"아뇨."

어떤 일로 데이트 신청을 거부했다. 나의 관찰이 정확히 맞았다.

"서운한 거 있으면 말해야 풀어주지. 꽁하고 있으면 그 마음이 사라져? 엄마가 우영이었다면 많이 서운했을 것 같아서. 요즘 엄마가 형아랑 공부한다고 우영이랑 많이 놀아주지도 못하고, 아 맞다! 아까 보드게임 하자고 했는데 거절도 했네. 형이 폰도 갖고 있어서 안 그래도 부러운데, 그 폰을 보지도 말라고 형아가 그랬으니 얼마나 속상했어? 이제 보니 우영이 마음 다 알겠어. 엄마가 미리 몰라줘서 미안해. 우영아."

이렇게 자기 마음을 다 아는 것처럼 말하니, 아이가 쉽게 마음을 놓아버린다. 펑펑 운다. 큰 소리를 내며 눈물과 콧물이 얼굴을 뒤덮었다. 그리고,
"엄마, 나 좀 안아줘."라 한다.

속으로는 그 말이 너무 귀여워 웃음이 났지만, 따뜻하게, 힘껏 꼬옥 안아주었다. 이렇게 한참을 울고 나면 아이의 표정은 언제 그랬냐는 듯, 편하게 풀어진다.

'난, 언제 울지?'
어른이라고 울지 않는 건 아니다. 특히 나는 다른 어른에 비해 좀 자주 우는 것 같다. 드라마 보고 감동 받았을 때, 음악이 너무 좋을 때, 속상할 때, 아이들에게 서운할 때 등, 우는 이유는 그때그때 다양하다.

작가 한강은, '눈물은 모두 투명하지만 그것들을 결정으로 만들면 각기 다른 색깔이 나올 것이다.'라고 말했다. 그리고 그 생각을 담아 '눈물 상자'라는 동화를 지었다.

그 동화 속에는 눈물을 사 모으는 이상한 아저씨가 있고, 울기만 하는 아이가 있다. 그 아이의 눈물이 필요해 아저씨는 아이를 찾아왔고, 그때부터 아저씨와 아이는 눈물을 모으는 여정을 함께 한다. 아이는 울보라고 구박만 하는 가족들에게서 벗어날 수 있어 기뻤다. 자신의 눈물을 소중한 보물쯤으로 생각하는 아저씨가 더 편했다. 아저씨의 가방에는 다양한 색깔의 눈물 결정들이 있었는데, 그것을 필요로 하는 사람들에게 다시 파는 일을 했다. 평생 운 적이 없는 한 할아버지가 전 재산을 주며 눈물을 사고자 한다. 아이는 그 할아버지에게 묻는다.

"그렇게까지 눈물을 흘리고 싶어하는 이유가 뭐예요?"

"내가 눈물을 흘리지 못한다고 모두가 떠났어. 사랑하는 아내도. 난 어머니가 돌아가실 때에도 울지 못했어. 너무 슬퍼 마음이 찢어지는데도. 한 번이라도 이 슬픔을 토해내고 싶어."

그렇게 할아버지는 눈물을 산 후, 하나씩 하나씩 삼킨다. 안락의자에 편히 앉아 있으니 어깨가 들썩들썩, 눈물 한 방울 두 방울, 결국은 통곡을 하고 만다. 한참을 그렇게 울더니, 이제는 웃으며 운다. 행복한 기억들을 내뱉으며.

밤새 운 할아버지는
"영혼을 물로 씻어낸 기분이군." 라고 말씀하신다.

눈물에는 슬픔, 기쁨, 감동, 서운함, 분함, 억울함 등이 모두 담겨 있다. 그래서 눈물을 흘리는 일은 그 사람의 밝음과 어둠 모두를 드러내는 행위다. 밝음을 나타냄으로써 환한 기운이 주변까지 스며들게 하고, 어둠을 흘려보내며 상처받은 마음을 정화시킨다.

그래서 우는 아이들에게,
"그만 울어." "왜 너는 계속 우냐?"
"아기야? 울게." "말로 해. 울지말고!"
"울면 다야? 그게 해결되냐고?"
라는 말은 하지 말자.

울어도 된다. 자신의 마음은 존중받아야 한다.
슬프면 슬퍼서 울고
기쁘면 기뻐서 울고
서운하면 서운해서 울고
억울하면 분해서 울고
재밌으면 재밌어서 울고
그저 자신의 감정을 솔직하게 표현하면 될 뿐이다.

난 매일 나보고 울보라고 놀리는 신랑에게
이 글을 보여주어야겠다.
내 소중한 영혼을 씻어내는 일이니까,
그냥 좀 울게 놔두라고.

성장을 위하여……

계속 달릴 거야.

끝까지 구를 거야.

그러니
나의 물이 되어줄래?

물레방아처럼.

Part. 2
꿈꾸기 그리고 달리기

누가 나를 잡으러 올 때
쫓아온다고 그러고,
내가 무언가를 꿈꾸며 달려갈 때 쫓아간다고 한다.
그동안 난 늘 뭔가에 쫓기며 살았던 것 같다.
이젠 좇으며 뭘 이루며 살아야지.

지웅의 차이

30대 중반을 넘었다. 어릴 적, 나에게 '30대'란 모든 어른을 통칭하는 말이었다. 하물며 대학생일 때조차도 30살 넘어 느지막이 입학한 오빠, 언니들은 모든 답을 가지고 있는 부처님 같은 존재였다. 30살 정도 됐으면 정말 그렇게 다 아는 줄 알았다. 그때의 내 엄마, 아빠처럼 늘 품어줄 수 있는 나이인 줄 알았다.

그런데 난 왜 이럴까? 이건 내가 생각했던 이상적인 30대가 아니다. 누군가가 내게 기대거나, 혹은 내가 해야 할 일이 생기게 되면 책임감보다는 부담감이 더 앞섰다. 그 상대가 내 아이임에도 불구하고 말이다.

난 늘 겁도, 욕심도 많은 아이였다. 늘 모범생이었다. 내가 가야 할 길 밖으로는 절대 내다보지 못하는 융통성 제로인 아이였다. 그렇게 난 학교와 집, 독서실만 다니면서 공부밖에 모르며 살았다. 모의고사에 비해 수능을 심하게 망치고 엄마의 바람대로 생각도 해보지 못했던 교대에 들어가면서 내 꿈은 처음으로 좌절되었다. 수학과 과학을 좋아했던 나에게 교육철학, 심리 등의 문과 공부는 재미와 의욕이 없는 대학생활 4년을 안겨줄 뿐이었다.

다행히 교사가 된 후, 재미없던 교대공부와 실제 아이들을 가르치는 일은 완전 다르다는 것을 알게 되었고, 가르치는 일은 내 적성에 충분히 맞다고 생각되었다. 꽤 보람찬 일이었고, 애를 쓴 만큼, 아니 그 이상의 결과를 보는 재미도 쏠쏠했다.

그러다 결혼을 하게 되고 아이도 낳게 되었다. 이제 나의 욕심은 교사에서만 머물지 않았다. 학교에서 업무를 처리하는 일, 학생 가르치는 일 뿐만 아니라, 아이 키우는 일이나 신랑과 지내는 일에도 나는 잘 해내야 했다. 좌절하고 싶지 않았고, 늘 칭찬받고 싶었으며, 남들보다 더 나은 선생님, 더 나은 엄마, 더 나은 아내가 되기 위해 스스로를 쫓으며 살았다.

앞만 보고 뭔가를 쫓으면서 뛰어가고 있으니 주변은 보이지 않았다. 행복을 느낄 시간이 없었다.

이제 멀리서 좀 떨어져 나를 바라본다.

힘들게, 혼자서, 아등바등 뛰고 있다.

내가 원하는 꿈은 이게 아니었다.
빨리 앞서가는 선생님이 아닌 좋은 선생님,
잘 가르쳐주는 엄마가 아닌 좋은 엄마,
내조 잘하는 아내가 아닌 그저 좋은 아내가 되는 것이,
내 꿈이었다.

쫓기고,
좇고……

이 지읒 하나의 차이가 앞으로의 내 삶을 좌지우지하지 않기를 기도한다.

욕심의 끝

너의 한계 너머
무엇이 있는지
궁금하지?
앞으로는
맘껏 관심 가지렴!

욕심의 끝

사람들은 나보고 욕심이 많다고 말한다. 나도 그렇게 생각한다. 보통 뭘 많이 하고자 하는 사람에게 욕심쟁이라는 말을 붙인다.
문득, 그 말의 사전적 의미가 궁금해졌다.

*욕심 : 분수에 넘치게 무엇을 탐내거나 누리고자 하는 마음
이라고 적혀있었다.

'분수에 넘쳤나? 내가?' 라는 생각에 잠깐 웃음이 났다. 사실은 어디서 혼이 난 것 처럼 기분이 좀 나빴다.
난 내가 그렇지 않다는 것을 어떻게든 증명하고 싶었다. 그러고는 갑자기 '분수'의 의미에 대해서도 정확히 알고 싶어졌다.
참 어이없는 것은 그 단어를 검색하면서 내가 엄청 긴장했다는 사실이다.

*분수: 사람으로서 일정하게 이룰 수 있는 한계

난 사전에 어떤 말이 있기를 원했을까? 나는 나를 어떻게든 긍정적으로 바라보고 싶었다. 난 그 낱말이 의지가 높다거나, 성취욕구가 강하거나, 성공하기 좋은 성향을 의미해 주기를 바랐다. 기분이 무척 나빴다.

'그럼, 난 그동안 나의 한계를 넘어서는 그 무언가를 탐내고 있었다는 거야?'
지금도 욕심쟁이라고 듣는 나는 아직도 분수를 모르고 뭔가를 탐내고 있다는 결론이었다.

마음을 정돈하고 다시 생각해 보았다.
'분수…… 그건 정해진 게 아니잖아.'
한 사람이 이를 수 있는 한계라는 것이 미리 정해져 있을 수는 없는 법이다. 그 한계가 어느 정도인지는 그 누구도 알 수 없는 것이고, 그 한계를 높이려 계속 노력한다는 것 또한 아주 유의미한 일일 것이다.

자, 그럼 정리해보자.
나는 아직 알지 못하는 나의 한계까지 한번 가 보기 위해 이것저것을 해보는 것이었다. 내 분수를 그 누구도 가늠할 수 없다. 얼마나 높고 넓은지 말이다.

그러니까,
앞으로는 나에게,
'욕심쟁이'라 하지 말고,

'자기 분수를 찾고 있는 사람'이라고,
단지 '자신의 한계 너머가 궁금한 사람'일 뿐이라고
말해 주세요.
네 ?

일부러 노력 안하기

나 그냥 여기까지만 오를래.
왜냐고?
꼭대기까지 오를 시간에
주변 풍경도 좀 즐기고,
옆 사람과 기나긴 대화도 나누고,
혼자만의 사색도 좀 즐겨보려고.

그러니까,
정상까지 굳이 올라가지 말자.
나만 조용히 있으면 아무도 모를 거야.

일부러 노력 안 하기

나는 아이들에게 뭔가를 가르칠 때, 하루에 할 양을 아이 본인에게 정하도록 한다. 예를 들어, 수학 문제집을 시작할 경우 하루에 몇 쪽씩 풀지를, 또는 매일 풀지 않는다면 무슨 요일에 풀지를 아이들에게 생각해서 결정해보라고 한다. 그렇게 해서 책임감과 꾸준함을 실천하게 하여 성취감을 느끼게 해주고 싶었다.

큰 아이가 4학년이 되었을 때, 영어단어를 매일매일 외워보기로 했다. 학원에 안 가니 불안하기는 했나 보다.

"엄마, 20개씩 외우면 될까요?"

"20개? 진짜?"

"왜요? 너무 적어요?"

"너무 많은 것 같아서."

"그럼, 15개? 10개?"

"우선, 10개씩 외워볼까? 학습장은 엄마가 만들어 볼게."

그렇게 대화를 나눈 후, 나는 열정을 담아, 그날 밤 열심히 학습장을 만들었다. 그렇게 몇 주가 흘렀다. 본인이 정한 거라 별말은 안 하는데, 좀 힘들어하는 눈치였다.

"화정아, 그냥 영어단어 5개로 하자."
"왜요?"
"그 대신 제대로 외우는 거지. 어때?"
"……"

"저번에 네가 말한 약속은 잊어버릴게. 아무도 몰라. 암튼 엄마가 5개로 바꾼 거야. 알겠지? 그 대신 엄마가 더 어렵게 학습장 만들 거야. 기대해."
아이는 스스로 정한 말을 지키지 않은 데에 창피함을 느끼는 것 같았다. 본인이 포기한 것도, 안 한다고 한 것도 아닌데 말이다.

나는 어떤 일을 시작할 때, 분량이나 수준에 있어 최소치와 최대치를 정한다. 내가 꾸준히 할 수 있는 만큼을, 포기하지 않을 만큼을 최소치로 잡고, 그것의 두 배 이상을 최대치로 잡는다. 그리고 사실…… 아무도 모르게, 그 최대치를 내 마음대로 바꾼다. 스스로 죄책감을 느끼지 않게, 너무 빡빡하다고 포기하는 경우가 없도록, 아주 몰래 최대 목표를 낮추기도 한다.

'내가 하려고 했던 최소 기준까지는 갔잖아. 그럼 됐지, 뭐.'

하며 스스로를 위로하고, 상황을 합리화한다.

내가 뭔가를 늘 꾸준히 실천해서 대단하다고?
나만의 노하우,
'아주 아주 조금을 매일매일 하는 것',
'최대치는 숨겨 놓고 내 맘대로 바꾸는 것'
……
시작한 일을 포기하지 않을 수 있었던 것은 바로 이것 덕분이다.

다들 힘들다고 말한다.
구체적으로 무엇이 힘든지
왜 힘든지도
모른 채.
그런데, 있잖아.
잘 생각해봐.
그 힘든 거 네가 선택했던 거야.

자기주도적 힘들기

가끔 힘들어 하는 나를 발견한다. 당연하다고 생각하기엔 좀 지나치다. 스스로를 드라마 속 비련의 주인공으로 삼아 혼자 애절한 소설을 쓰는 일, 이젠 더 이상 그만하고 싶다.

돌아보면, 모든 게 다 내가 선택한 일이다. 누가 시켜서 한 것도 아니고, 오로지 나의 자유의지로 결정했고, 실천한 일들이다. 그런데 왜 힘들다 하냐고?

늘 힘들다고 입버릇처럼 말하는 사람들은 다음과 같은 특징을 갖고 있다.

첫째, 방법적으로 무지해서 비효율적으로 움직이거나,
    (밑 빠진 독에 물 붓는 격)
둘째, 능력이 안 되는데 욕심을 내거나,
셋째, 방법도 알고, 능력도 있지만 게을러서 뭘 하지 않는다.

중.고등시절, 나는 늘 열심히 공부만 했다. 그냥 공부만 하고, 시험을 잘 치면 되는 줄 알았다. 그리고, 그렇게 하면 꿈을 이룰 수 있다고 믿었다. 하지만 좋은 결과를 낼 수 있는 효율적인 방법을 모른 채, 무작정 열심히 달린 결과는 생각보다 좋지 않았다. 문제풀이 요령을 알려주는 학원도 다녔어야 했고, 수시 논술을 위한 공부도 따로 해 뒀어야 했다. 뭐든, 일마다 잘 하는 방법이 존재한다는 것을 난 너무 늦게 깨달았다.

무언가를 덜 힘들게 하는 사람은 방법을 제대로 아는 사람들이다. 나처럼 뭘 잘 모르고 그냥 하는 사람들은 힘들게 노력한 만큼의 결과를 내지 못한다. 아쉬움만 남길뿐.

나는 요즘 또, 힘들다. 작년부터 새로운 꿈이 생겼다. 나의 생각을 많은 이들과 나누는 일이다. 교육적인 이야기, 생활 속 고민 등 서로 나누며 배우고, 위로하고 싶었다. 그래서 이렇게 내가 좋아하는 글을 쓰고 그림을 그리고 있는 것이다. 그럼 나는 이렇게 즐거운 일에 왜 힘이 든다고 할까? 분명 내가 좋아하는 일들이고, 내가 꿈꾸며 선택한 것들인데, 힘들다고 하는 이유는 뭘까?

솔직히 말하자면, 난 이 분야에 대해 자신이 별로 없다. 글을 쓰고, 그림을 색연필로 표현하는 일이 즐겁긴 하지만 다른 사람들과 나누기에는 아직 낯설고 부끄럽다. 작년에 난 벽지학교로 발령이 났고, 올해 맡은 아이들은 고작 3명이다. 그것도 여자아이 3명. 너무 예쁘고 사랑스러워 이 아이들을 위해 뭘 해줄까? 생각하다가 아이들을 위한 이야기를 짓게 되었다. 내 이야기는 우리반 아이들에게, 그리고 우리집 아드님께 꽤 인기가 있었다. 그래서 난 마치 동화작가가 된 양 으스대며 이야기를 만들어 냈다. 몇 개의 아동문학 출판사에 투고를 해보았지만, 당연히 모두 퇴짜를 받았다. '출판사와 방향이 맞지 않다.'라는 정중한 거절 메일은 나에게 "당신의 글은 아직 아니되오." 라고 말해 주는 것 같았다. 당연한 일이라고 생각은 하면서도, 많이 아쉬웠고, 나의 부족한 능력에 힘들었다.

"애들아, 엄마도 힘들어. 엄마 일이 빨리 끝날 수 있게 너희들이 제대로 해 놔야지."

저녁마다 나는 아이들에게 이렇게 소리를 지른다. 어떻게든 이 아이들을 잘 키워보고자 어릴 때부터 무진장 애를 썼다. 이것 또한 즐겁게 시작했던 일인데, 요즘 체력 때문에 그런지, 나이 때문에 그런지 의욕이 없다. 하는 방법도 잘 알고, 가르칠 능력도 있는데, 하기가 싫다. 퇴근한 후면 그냥 누워만 있고 싶고, 맥주에 생라면 부셔 먹으며 티비도 보고 싶다. 내가 게을러진 것이다. 아이들이 어느정도 자랐기 때문일 수도 있겠지만, 확실히 예전에 비해 아이들 교육에 열을 올리지 않는다. 늘 '오늘 저녁엔 뭘 해보지?' 했던 내가 '아, 오늘 가서도 해야 하네.'로 변해 버렸다. 그리고 전보다 더 많이도, 더 열심히도 안 하면서 아이들에게 힘들다고 소리 친다. 하기 싫은 걸 하니 힘든 것이다.

이렇게 생각해보니, 난 힘든 사람들의 특성 세 가지를 모두 갖추고 있다.

결국 난 힘든 사람이었고, 지금도 힘든 사람이며 앞으로도 힘들 사람이다.

이상하다.

누가 시켜서 한 일들이 아니었다. 모두 내가 선택한 일이었는데, 왜 난 힘들다 말하는 걸까?

가만히 생각해 보면, 난 그동안 내가 새롭게 도전하는 일에 칭찬을 받고 싶었다. 노력해도 잘 안된 일에 위로가 필요했고, 부지런히 애쓰는 일에는 격려가 고팠다.

그래, 이제 알겠다.

난 그동안,

'힘들다'라는 말로 상대의 세심한 관심과, 나에 대한 뜨거운 애정을 갈구하고 있었다.

그러니까,

앞으로 내 입에서 흘러나오는

"아, 나 힘들어."라는 말을 이렇게 해석해 줬으면 좋겠다.

'얼른 위로해 줘.'

'격려해 줄 수 있어?'
'나 칭찬이 필요해.'

만약,
내게 위로와, 격려와 칭찬을 해줄 자신이 없다면,
그저 날 세게 안아주기만 해도 좋겠다.

살아남는다 …

준비된 자만이

위기에서 살아남는 법이 뭔지 아니?
달라질 미래에서 버려지지 않고
내 갈 길을 가기 위해
어떻게 해야 하는지 아니?
준비해야 하는 거야.
근데 뭘 준비해야 하냐고?
네가 누구보다 잘 할 수 있는 것.
네가 꾸준히 할 수 있는 것.
남들이 필요로 하는 것.
이것들을 먼저 생각해 봐.

살아남는 법

가만히 생각해 보았다. 앞으로 우리의 미래가 다시 코로나 이전으로 돌아갈 수 있을까?

분명, 또 다른 무언가가 나타나 세상을 지금처럼 뒤흔들 것이다. 이젠 더 자주, 더 강하게 말이다. 그래서 나는 겁이 난다. 우선 내가 그 변화된 사회에서 잘 살아남을지 겁나고, 두 번째로 내 아들들이 미래 사회에서 잘 어울리며 살 수 있을지 걱정된다. 세 번째로는 학교에서 아이들에게 어떻게 교육해야 하는가 고민된다.

사실 나의 고민과 걱정에 대한 대답은 요즘의 유튜브, 블로그, 뉴스를 보면 쉽게 찾을 수 있다. 늘 준비하는 자들이 새로운 시대에서 주목을 받는다. 늘 하던 것, 예전부터 내려오던 것들만 고수하는 사람들은 변화된 사회에 필요치 않다. 묻히고 만다.

최근에 아이들에게 국악 수업을 하는데, 아이들이 이런 말을 하는 것이었다.

"옛날 우리나라 음악은 좀 촌스럽고 웃겨요."

그래서 나는 바로 아니라는 것을 보여주었다. 내가 좋아하는 이날 치 밴드와 송소희의 음악을 들려주었던 것이다. '우리나라 국악이 어쩜 저렇게 변신할 수 있지?' 정말 감탄이 절로 나온다. 그들은 자신들이 좋아하고 잘하는 국악을 예전부터 해오던 방식대로만 고집하지 않았다. 달라지는 사회에서 자신들의 국악을 알리기 위해 꾸준히, 열심히 준비를 해온 것이다.

스마트 학습을 잘하시는 선생님들이 곳곳에 계신다. 그들은 새로운 프로그램이나 도구가 나오면 그것들을 열심히 공부해 교육에 적용한다. 그리고 이런 과정을 알리고 홍보하기 위해 유튜브나 블로그를 적극 활용한다. 그들의 책은 이런 언택트 시대에서 베스트셀러가 되고, 그들은 그들을 필요로 하는 곳곳에서 강의를 한다. 재태크도 마찬가지다. 앞을 내다보고 준비하는 사람들은 어느 순간 부자가 되어 있다. 나도 결혼을 하고, 남들 다 하는 아파트 분양에 가담해 보았다. 당연히 쉽게 당첨되지 않았고, 나는 그 당시 없던 돈을 모아 모아서 프리미엄을 더 주고 분양권을 샀다. 그리고 딱 두 달 후, 오르지 않는 분양권 가격에 가슴을 졸여 하며 결국 팔아버렸다. 바보짓이었다. 멀리 내다볼 줄 모르는 나는 미래의 돈까지 제 발로 그렇게 날려버린다.

멀리 내다보고 준비하는 사람들의 특징은 이랬다.
창의적이다.

부지런하다.
겁이 없다.
명확한 자신의 생각(목표)이 있다.

이들에 비해, 나같이 늘 남의 좋은 것들을 뒷북치며 따라하는 사람들은 주변의 관심을 받기 어려울 수 있다. 늘 하던 것만 고집하는 사람들은 달라지는 사회에서 주도적으로 살기 힘들 수밖에 없다. 특히나 남의 인정을 받고 싶고, 한번 사는 인생 좀 핫 하게 살고 싶은 사람이라면 제대로 준비해야 할 것이다. 친한 고등학교 선생님께서 이렇게 말씀하셨다.

"앞으로 입시도 더 많이 바뀔 거야. 사실 미대 갈 아이들이 수능 수리영역을 봐서 뭐 하겠어? 변해야 되는 게 맞아. 이제 거의 모든 과목이 선택형으로 되겠지. 자신이 필요한 과목만 공부하게 될 거야. 그러니까 굳이 안 되는 거 시킬 필요 없어."

학교에서 수학 안되는 아이 붙잡고 씨름하고 온 나는 그 말을 곱씹으며 '내 교육도 좀 달라져야겠구나.'라고 생각했다. '지나고 나서 땅을 치며 후회할 짓 그만하고, 좀 앞서서 생각하고 실천해야겠구나!'라면서.

그러니까 미래에 뭐가 될지 모르는 우리 아이들이나, 미래에 뭔가를 못하게 될지도 모르는 어른들이나 모두 준비를 해야한다는 말이다. 그래야 잘 살아남을 수 있다.

에휴.

이걸 또 어떻게 풀래?

집안일이든 바깥일이든

남 탓, 내 탓할 일 안 만들려면

일 키우지 않는 게 답!

그런데……

지금도 난……

상위욕구 좇기

'허, 뭐 하지? 할 게 없나?'
'자격증을 따볼까?'
'그림 작품을 하나 만들어 볼까?'
'대청소를 해볼까?'
'나도 유튜브 영상 좀 찍어볼까?'

뭘 안 하고서는 가만히 못 있겠다. 그래서 며칠 고민 끝에 신랑을 불러 세워놓고 이야기 좀 하자고 했다.

"왜? 무슨 말을 하려고?"

지레 겁먹은 신랑이 식탁 의자를 빼며 묻는다.
"호호호"
아주 느끼하게 웃었다.

"왜? 네가 웃는 거 보니까 터무니 없는 말인 것 같은데."

맞다. 정답이었다. 민망함을 예고하는 웃음이었다.

난 뜸을 들이며 굳게 결심하고 말을 시작했다.

"나 장난감 좀 사려고."

"장난감? 어떤? 사고 싶으면 사면 되지. 물어보기는."

"아니, 그게……"

"에휴, 답답해라. 왜? 사줘? 장바구니 담아 놓으면 내가 결제해줄게. 아니다. 그냥 얼만지 말하면 현금으로 줄게. 됐지? 장난감이 뭐라고 그리 망설이냐?"

"좀 비싸서."

"얼만데?"

"……"

"많이 비싸?"

"육천오백만 원"

"뭐라고?"

"ㅎㅎㅎ"

"그게 뭔데? 외제차야?"

"아니. 난 내 차가 충분히 좋은 걸."

"그럼?"

"땅이야."

"뭐?"

어차피 말은 이미 내 입에서 나왔고, 얼른 나의 이 기발한 생각을 신랑에게 이해시켜야 했다. 뒤돌아서서 도망가기 전에 말이다. 그래서 나는 자리에서 일어나 열심히 프리젠테이션을 했다.

"여보, 50평 정도의 땅인데, 지목도 대지로 되어 있고 말이야. 좋은
건 근처에 해수욕장이 있고, 마침 딱 적당한 컨테이너도 있지 뭐
야. 와, 돈 벌었지. 안 그래? 컨테이너 살리면 그것도 몇 백이잖아."

"거길 사서 뭘 할 건데?"

"애들 데리고 가서 컨테이너 색칠도 하고, 울타리도 벤치도 만들
고, 또……"

"으이구, 혜정아, 혜정아. 너 요즘 그 생각 한다고 엄청 설레었겠
네."

"응. 생각만 해도 설레지. 너무 재밌겠지 않아? 이건 내 장난감만
이 아니라 우리 가족의 장난감이 되는 거지. 더 좋은 점은 땅은 사
라지지 않잖아. 어때? 완전 괜찮은 생각이지?"

한동안 신랑은 말이 없더니 자리에서 일어났다.

이렇게 말하면서.

"또 일 벌일 생각하네. 그냥 우리 편안하게 살자. 일 안 만들고. 나
중에 그 땅 안 팔리면 어떻게 할 건데? 그리고 페인팅하고, 울타리
세우고 그런 것들에 돈 드는 것도 생각해 봤어? 간이 그렇게나 커
서 어떻게 할래? 육천오백짜리 장난감이라니. 그리고 돈은 있어?
아파트 대출금도 다 안 갚았잖아."

이런 반응이 나올 줄 알았기 때문에 난 그냥 내 귀를 미리 막고 있
었다. 그리고 마음속으로 신랑에게 프리젠테이션을 열심히 이어
나갔다.

'돈이야 뭐. 조금씩 아껴서 모은 걸로 하면 되지. 미리 걱정을 왜 해? 은행돈이 내 돈이다 생각하면 되잖아. 오천 대출받으나, 일억 대출받으나 뭐, 똑같지. 평생 갚는 거지 뭐.'
'아이들이 좀 더 크면 우리랑 놀아줄 줄 알아? 지금 하루라도 어릴 때 새로운 추억 좀 만들자는 거지.'
'나를 위해 그 정도 돈도 못 써? 나 3년 휴직했다고 치자고.'
'어차피 코로나 때문에 여행도 못 다니는데, 우리만의 별장이라고 생각하고 다니면 되지 않아?'

새로운 것들을 너무 해보고 싶다.
나만의 것을 가지고 싶다.
그것이 공간이 될 수도 있고, 얼마만큼의 수입이 생기는 일일 수도 있다. 특별한 취미일 수도 있고, 특출난 재능일 수도 있다.
자기만이 가질 수 있는 뭔가를 추구하는 것이 성취욕이라면 그것은 인간의 본능이다. 그리고 그 욕구는 안정을 추구하는 일보다 훨씬 상위 단계이다. 그러니, 나처럼 이렇게 뭔가를 이루려고 일을 벌이려 하는 것은 마땅히 박수받아야 할 행동인 것이다. 모두 나의 자아실현을 위한 일이었으니까.

늘 나에게

"일 좀 그만 만들어.", "일 키우지 마.", "그냥 가만히 살자."라고 말
하는 그대들!

모든 것을 '내 탓'이라고 말해도 되니까, 제발 그냥 하게 해줘요.

엉키어 진 것들 내가 다 풀게요. 아니, 안 풀어도 되게끔 내가 해
놓을 게요.

난 자아실현을 꼭 해보고 싶거든요.

거북: 토끼야, 네가 왜 나에게 졌는지 아니?

토끼: 그야 뭐, 내가 잠깐 방심한 사이에 네가 치고 들어온 것뿐, 혹시 어쩌다 1등 갖고 진짜 1등이라고 생각하는 거니? 웃기지 마. 난 태어날 때부터 1등이었다고.

결핍의 에너지

거북: 너는 네가 가진 것에 으스대거나, 가진 것을 잃을까 봐 노심초사하는 데에 에너지를 쏟지? 나는 부족한 나의 빈 공간을 채우기 위해 내 모든 에너지를 쏟아. 그렇기 때문에 넌 늘 제자리거나 내려올 테지만, 난 오를 일만 남았다고. 난 너에게 없는 결핍 에너지가 있어. 그러니 조심해. 까불지 말고.

결핍 에너지

요즘 아이들은 예전 우리 때보다 절실하지 않은 것 같다. 내가 어렸을 때와 비교해 보아도, 내가 신규교사로 발령 난 15년 전쯤과 비교해 보아도, 확실히 아이들의 환경은 풍요로워졌다. 뭐든지 다 갖춰져 있고, 그래서인지 조금이라도 힘들어 보이는 뭔가를 하려고 하질 않는다. 물론 달라진 교육환경이 그 원인일 수 있다. 경쟁을 바라지 않는 초등교육 말이다.

예전에는 월별 교내 대회, 매년 치러지는 시대회, 도대회, 전국대회가 있었고, 거기에 나가 아이들의 성과를 내는 것이 교사의 큰일 중 하나였다. 그림을 좋아한다는 이유로 신규 시절 과학대회 미술 분야를 맡았었다. 캄캄한 학교에 아이들을 밤 10시까지 남겨가며 단 몇 개의 교실만 불을 밝힌 채 몇 날 며칠 애써 보기도 했다. 그럴 때면 학부모는 감사한 마음에 저녁거리와 간식도 가지고 왔다. 과학 토론대회를 준비할 때는 거의 두 달 동안 과학실을 빌려서 실험과, 발표를 준비했었다. 그것이 교사된 자로서의 보람이었고, 그런 과정에서 성장하는 아이들을 보는 재미도 참 쏠쏠했다.

비경쟁의 인권 존중 교육이 들어왔고, 배움 중심 수업, 자기 주도
적 학습 등이 강조되면서 많은 대회가 발표회 정도로 축소되었다.
그런 대회가 있다 한들, 그 성과를 보고 나가라는 학교장이나, 나
가려는 교사나, 나가고 싶어 하는 학생도 이젠 찾아보기 힘들다.

늘 문학 공모제를 살펴보는 습관이 있는지라, 어디 시 쓰기 대회가
있길래, 학교 전교생들에게 안내를 해주었다. 아이들에게 새로운
성취 거리를 주고 싶었다. 밋밋한 생활 속에서 엄마가 시킨 문제집
을 풀고, 학원을 여러 차례 다녀와야 하는 아이들…… 사실 그들에
게 새로운 자극 거리도 주고 싶었고, 같이 생각을 나누어보는 계기
를 마련하고 싶었다.

생각보다 많은 아이들이 '대회'라고 하는 것에 관심이 있었다.
"저도 나가볼래요. 시 써오면 되나요?"
다들 무슨 자신감인지, 그냥 써 오겠다고 했다.
"선생님이 시에 대해서 가르쳐 줄게. 생각을 나타내는 방법은 여
러 가지인데……"
"선생님, 저 일기장에 시 많이 써봤어요. 그거 그냥 낼래요."

시대회에 나가볼 아이들에게 월요일 30분만 내달라고 하니, 싫단
다. 놀아야 한다고. 그런데, 시대회에 나갈 거라고 종이는 다 받아

갔다.

'맞아. 시 쓰는 게 무슨 방법이 있겠어? 자기 마음만 잘 나타내면 되겠지.'

그냥 서운한 마음에 이렇게 합리화시키며 그다음 주를 기다렸다. 그런데 제출하기로 한 그 주가 끝날 때가 되었는데도 아이들은 시를 제출하지 않았고, 난 담임선생님들께 독촉하는 메시지를 보낼 수밖에 없었다.

쉬는 시간, 아이들이 하나둘 오기 시작했다. 학교에서 급하게 적은 티가 났다. 아이들은 시를 그냥 '짧은 글'쯤으로 생각한 것 같았다. 우리 반 아이들은 국어시간 몇 시간을 들여 시를 썼기에, 우리 집 두 아드님은 며칠째 공들여 쓰고 있었기에, 난 이 시들이 얼마나 정성이 부족한지 더 느낄 수 있었다.

나는 아이들에게 뭘 원했을까? 정성? 노력? 절실함?

난 내 아들들에게 늘 이렇게 말한다.

"원해? 이거 하기를 원해? 그럼 네가 절실해야 해. 엄마도 뭔가를 간절히 원하면 절실해지더라. 그런데, 중요한 건 절실해도 안 될 수 있다는 거야. 그런데, 절실하지 않다면 뭘 하더라도 잘 안돼."

우리 아이들을 포함해서 요즘의 많은 아이들이 절실하지 않은, 그 이유에 대해 생각해 보았다. 문제는 나에게도 있었다. 내가 아이들에게 원하는 걸 다 해주려고 하면 남편은 늘 그렇게 하지 말란다.

김치도 큰 거 그냥 주고, 생선 가시도 발라주지 말고, 뭔가를 못해도 보고, 잃어도 보고, 없어도 보고 해야 그 필요성을 스스로 느끼면서, 자기만의 해결 방법을 배운다고 말했다.

그런데 그동안 난 그러기 싫어서 귀를 닫아버렸다. 아이들에게 다 해 주었다. 숙제도 거의 내가 하다시피 마무리해 주었고, 준비물도 내가 챙겨 가방 안에 고이 넣어주었다. 글쓰기 대회가 있으면 애가 적은 글을 다 헤집어 고쳐놓았고, 아이 그림에 손을 대어 완벽함을 추구했었다.

'결핍은 에너지다.' 라는 말이 있다.
뭔가 결핍되어 있으면 그 속에서 에너지가 나온다는 의미이다. 결핍되어 있는 것은 뭔가로 채워지려고 하기 때문에 노력과 절실함을 만들어 낸다고. 그래서 다 갖춘 사람은 발전 속도가 느릴 수밖에 없을 것이고, 없는 사람은 없는 걸 채우기 위해 스스로를 리드해서 결핍으로부터의 탈출을 시도하는 것이다.
우리 반 아이들 세 명 중 공부를 가장 멀리하는 아이는 정작 집에서 많은 학습지를 풀고 있다. 스쿨버스 나가기 전에 선생님과 부족한 영어를 공부하자고 하니 고개를 절레절레 흔든다. 공부에 대한 반감이 제일 많은 친구이다. 반면에 여건이 안되어 학습지든, 학원이든 다니지 못하는 한 아이는 뭐라도 하려고 한다. 스스로 부족하다 느끼니 그럴 수밖에 없는 건 당연하지만 결과를 보았을 때에는 그 결핍이 이 아이에게 동기가 되고 있었다. 매일매일 영어 교재로 리딩을 하고 있을 뿐 아니라, 즐겁게 수학 문제집을 풀어 온다. 당연히 실력도 많이 향상되었다.

3학년인 둘째 아들이 어느새 훌쩍 자라 있었다. 코로나 때문에 집에서 뒹굴뒹굴한 덕분이겠지 생각하며 씁쓸한 마음으로 새 운동화를 사주었다. 문제는 아무 생각 없이 주문한 그 운동화가 끈으로 리본을 묶어야 하는 신발이었던 것이다. 아이가 운동화를 들고 온다. 묶어 달라고. 너무 불편하다고 말하며, 끈으로 묶지 않아도 되는 운동화를 다음에 사달라고 했다.
순간,
'3학년인데, 아직 리본을 못 묶나?'라는 생각이 들었지만 곧이어,
'그래. 가르쳐 준 적이 없구나.'라는 생각에 그쳤다.

끈 묶는 게 힘들 것 같아서 그동안 쉽게 신고 벗을 수 있는 운동화만 고르고 골라 주었던 것이다.

어릴 때에는 그런 운동화도 없었거니와 돈 번다고 바쁘셨던 부모님은 그렇게 아이의 불편함을 걱정하지 않았던 것 같다. 나의 걱정과 배려가 아이의 결핍을 또 없애버렸다.
갑자기, 불안해진다.

정말 그렇다면,
난 지금 우리 아이들의 에너지를 뺏고 있는 것이다.

아임굿엣...

내 이름 앞에서

A : 잘하는 게 있나요?

B : 음…… 꼭 있어야 하나요? 제가요. 잘하는 건 없어도 이것저것 하는 건 참 많아요. 그럼 됐지 않아요?

A : 그럼 좋아하는 게 뭐죠?

B : 아! 좋아하는 거요? 그것도 너무 많아서 꼭 하나를 말씀드리기 가 어려운걸요.

A : 됐어요. 그럼.

B : 왜요?

A : 돌아가서 좀 더 해보고, 더 좋아하고 더 잘할 수 있는 것을 하 게 되면 찾아오세요. 그때, 당신 이름 앞에 수식어를 붙여 줄게요.

신규교사로 발령나고, 2월 첫 부임 인사를 갔다. 떨리는 마음에 교 장선생님과 첫 인사를 나누었다. 같이 발령 난 동기도 곁에 함께 있었다. 함께 교장실로 들어갔다. 교장선생님께서는 따뜻한 차를 주시며 반갑게 맞이해주셨다. 고향이 어딘지, 집은 구했는지 물어

보시며 딸인 마냥 챙겨주셨고, 학교에 대한 설명도 해주시며 우리가 많이 긴장하지 않도록 애써주셨다. 그리고 일어날 때쯤 되어서 이렇게 질문하셨다.

"이 선생님은 무얼 잘하시나?"

"배 선생님은 뭐 특기 같은 거 없나요?"

나와 내 동기는 전혀 예상 못한 질문에 답변도 하지 않고, 가만히 있었다. 질문을 이해하지 못했다고 생각하셨는지 한 번 더 물어보셨다.

"아니, 운동이나 음악이나 미술이나 그런 거 말이야. 좋아하고 잘하는 게 있을 거 아니에요?"

바로 그때 내 동기 선생님은,

"아, 그런 거요? 저는 태권도 4단이고요. 운동을 좀 좋아해요." 라고 말하는 것이 아닌가.

바로 옆에 앉아 있던 나는 할 말이 없었다. 그 짧은 순간 얼마나 많은 생각을 했는지 모른다.

'내가 뭘 좋아하지?'

'내가 뭘 잘하지? 운동? 아닌데. 미술? 몰라. 음악? 별론데.'

'나는 수학이랑 과학을 잘했는데, 경시대회에서도 맨날 상 받았는데. 근데 그걸 말씀하시는 건 아니잖아. 그냥 말해볼까?'

수많은 생각을 끝으로 나는 이렇게 대답했다.

"아직은 없는 것 같아요."

내 표정이 너무 난처해 보였는지, 교장선생님께서는 웃으시며

"애들 가르치면서 하나씩 해보고 찾아 나가면 돼요."라고 하시고는, 내 동기를 보며 이렇게 말씀하셨다.

"허허. 이제 우리 학교 아이들 체조나 태권도는 배선생님에게 맡기면 되겠네."

나는 그날 저녁 자취방에 덩그러니 앉아 울었다. 아무도 나에게 나쁘게 하지 않았는데, 왜 나는 그날 그렇게 슬펐을까? 이제 와서 생각해보면, 난 그날 그 질문에 대한 답을 하지 못한 데에 대해 크게 자존심이 상했던 것 같다. 난 살면서 어딜 가든, 뭘 하든 보통 이상은 했던 것 같다. 학교에서 미술시간, '상' 점수를 받을 만큼은 했고, 피아노도 어릴 때 잠깐 학원을 다녔기에 쉬운 악보 정도는 보고 칠 수 있었다. 운동? 체력도, 운동신경도 없지만 체육 실기시간에는 어떻게든 노력해서 '상' 점수는 받았던 것 같다. 하지만 난 남들에 비해서 잘한다고 말할 수 있는 것이 없었다. 더 슬픈 것은 내가 어떤 것을 좋아하는지조차 모르고 있다는 사실이었다.

24살, 그 때, 난

'내가 뭘 좋아하는지, 뭘 잘하는지도 모르는데, 어떻게 아이들을 가르칠까?' 라는 막막함에 그렇게 울음이 났던 것 같다. 창피해서 말이다.

2007년 2월,
그날 밤 나는 눈물을 흘리며, 이렇게 다짐을 했다.

'뭘 잘하는 사람이 되어야 겠어.'

15년간의 고민과 노력으로 난, '뭘 잘하는 사람이 되기 위한 방법'을 찾을 수 있었다.

1단계, 내가 좋아하는 일 찾기
2단계, 즐기기
3단계, 몰두하기
4단계, 나누기

나는 아직 1단계와 2단계 주변을 서성이며 오고 가고 있다. 좋아하는 일을 찾아 즐기며 해보다가, 아니다 싶으면 다시 좋아하는 일을 찾는……
그것에 몰두할 정도로는 즐기지 못해서 그런지, 완전 내 것이 되지는 않았다. 그래서 잘 한다고 말하기 애매한 딱 그 정도이다.

우리집에서는 가족 모두가 각자 하고 싶은 일을 할 수 있는 시간이 정해져 있다. 그 시간이 되면, 모두가 자신의 공간으로 가서 나는 글을 쓰고, 신랑은 스마트 앱을 만든다. 큰 아이는 코딩을 하고, 둘째 아이는 종이접기를 한다. 우리는 그 시간이 오기만을 기다리며 다른 해야 할 일을 절대 미루지 않는다. 그 시간만큼은 즐기고 있다. 몰두하고 있다.
어느새 3단계 문 앞까지는 왔나 보다.

나는 믿는다.

그 시간들이 쌓여 분명 언젠가,
남들과 나눌 만큼 뭘 가지게 될 것이고,
'뭘 잘하는 사람'이라 불리며,
그리고……
그것이 내 이름 앞에서 날 꾸며주게 되리라는 것을.

너 바보니?
쉬운 길 놔두고 왜 어려운 길을……

저는요……
성장이 느껴질 때 정말 기뻐요.
그리고 기쁘면 설레요.

그런데요. 쉬운 일을 할 때면 설레지 않아요.
마음에, 내 심장에 남는 일을 하고 싶어요.

은빛 연어의 기쁨

"쉬운 길을 가지 않는 연어가 아름다운 연어라고 생각해."
안도현의 '연어'를 다시 읽어 보았다. 자기가 가야 할 길이라며 더 힘들고 어려운 길을 선택하는 은빛 연어…… 누군가는 이 은빛 연어를 정말 이해할 수 없을 정도의 멍청한 물고기라고 여길 것이다.

우리집 애들을 포함해서 내가 수도 없이 만나는 많은 아이들……
'뭐든 하기 싫은 아이', '해도 되고 안 해도 되는 아이', '뭐든 하고 싶은 아이'……
이들을 이 세 가지로 나눈다고 했을 때, 뭐든 하고 싶은 아이들은 전체의 몇 퍼센트 정도 될까? 이런 아이들은 수업 중에 과제를 제시해도, 더 어려운 걸 찾느라 바쁘다. 그 어려운 걸 해내면 자신이 돋보일 수 있어서일까? 아님, 주변 사람들의 인정을 받고 싶어서일까? 사실 많은 부모와, 교사들이 이런 뭐든 하고 싶은 아이를 만나길 바란다.

'뭐든 하고 싶은 아이'들이 이것저것에 도전하는 이유는 바로 그 모든 일이 설레기 때문이다. 그들은 그 일을 성취해도, 또는 이루지 못하더라도, 그 속에서 의미를 찾을 줄 안다. 새로운 일에서 뭐든 배울 수 있을 거라고 믿는다. 반대로 뭐든 하기 싫어하는 아이는 뭘 해도 핑곗거리를 찾는 데에 고군분투한다. 실패하면 실패했다고, 성공하면 어쩌다 잘한 거라고 본인을 깎아내리기 일쑤다.

그렇다면, 뭐든 하고 싶은 아이들은 어떻게 해서 그렇게 자랄 수 있었을까?
어떻게 하면 우리 아이를 은빛연어처럼 키울 수 있을까?
도전하고, 성취하며, 성찰이 있는 실패까지……
모든 것은 습관이다. 경험으로 생긴 감정이 지속되면 자기도 모르게 본능처럼 솟아 나온다.
아이에게 "너는 도대체 왜 그러니?"라고 묻기 전에,

'이 아이가 스스로 도전이란 것을 해본 적이 있었나?'
'이 아이가 작은 성취감을 느껴본 적이 있었나?'
'이 아이가 스스로 애써 한 일에 내가 어떻게 반응했었나? 긍정적으로 해줬나?'
'꾸준히 동기를 자극했고, 동기가 생겼을 때 그에 적절한 과제를 제시했었나?'라고 스스로에게 반문해 보아야 한다.
수학만 보면 기겁을 하는 우리반 한 아이는 집에서 수학 학습지를 매일 한 시간씩 풀고 있다. 그런데 그 아이는 수학을 그 무엇보다 싫어했고, 수학교과서에는 알아볼 수 없는 기괴한 모양으로 수를 그려 놓았다. 당연히 오답도 많았다. 난 그 원인을 찾기 위해, 그 아이의 수학공부에 대해 물어보았다.

"학습지 하기 싫어요."

그 아이의 대답은 이 짧은 말과 함께 수십 가지의 의미가 담긴 눈물 뿐이었다. 그래서 그 아이의 학습지를 확인해 보았다. 빽빽하게 연산문제만 나열되어 있었고, 아이는 일주일에 400문제를 풀어야 한다고 했다. 꼼꼼히 생각하기를 좋아하는 아이에게, 사고하며 문제를 해결하는 경험이 필요한 아이에게, 수백 개의 연산문제는 도전거리가 되지 못했다. 그저 의욕을 떨어뜨리는 끝없는 당근일 뿐이었다.

아이들 시쓰기 대회를 준비하고 있는데, 몇 명의 아이들이 앉아서 생각하는 것 자체를 싫어했다. 그 이유를 따져보니, 그 아이들에게는 집에서 억지로 글을 썼던 경험이 무서운 기억으로 자리 잡고 있었다. 생각한 주제도 없이 혼날까봐 써야하는 일기, 방법도 모르는데 숙제로 내야하는 독후감은 아이들의 글쓰기 동기를 없애는 목적없는 채찍질일 뿐이다.

적절한 도전과 작은 성취와
의미 있는 실패, 그리고, 그것들의 꾸준함만이
거슬러 오르는 기쁨이 된다.

무든 미리 알고 있다면 시시하지 않겠어요?
제가 상상할 거리가 없어지잖아요
- 빨간머리 앤 中

상상의 힘

이봐요!
당신은,
당신의 내일을,
모레를,
1년 후를, 그리고 10년 후를
알고 있나요?
전혀 모른다구요?
자! 마술 연필을 줄 테니,
마음껏 상상해서 그려보세요.
이루어질지 누가 알겠어요?

중학생 때 하늘을 참 많이 쳐다 보았었다. 공부하고 집으로 돌아가
던 길, 잠깐 멈춰 캄캄한 하늘을 보며 책에서 보았던 별자리를 찾
는 일이 나에겐 지친 하루에 대한 선물이었고, 감성이었으며, 사춘
기의 표현이었다. 크게 '뭐가 되겠다.'라는 꿈이 없었기에 하늘을
보며 제일 많이 생각한 것이,

'난 뭐가 될까?' 였다.

내 미래가 정말 알고 싶었다. 무슨 일을 하고 있을지 기대가 되었다. 타임머신이 있다면 잠깐 미래로 가서 내가 어떻게 살고 있는지 보고 오고 싶었다.

내일을 꿈꾸면서 철없이 설레었던 난 결국 교대에 입학하게 되었고, 그와 동시에 내가 그려놓았던 계획들이 틀어지기 시작했다. 대학생활 4년을 참 힘들게, 많이 재미없게 보냈다. 스스로 적성에 안 맞다고 생각했었던 것 같다. 굳이 그런 것도 아니었는데 말이다. 하루하루 '다시 수능 칠까?', '이 공부를 왜 해야 하지?'라고 생각하느라, '내가 무슨 일을 하게 될까?', '뭘 더 공부해봐야 할까?', '사회가 어떻게 변하고 있지?', '내가 잘 할 수 있는 일이 뭘까?' 등의 창조적인 생각을 해본 적이 없다. 물론 나만 그랬을 일이다.

그것 때문이었을까? 내가 생각하기에, 나의 교사 생활은 어떻게 보면 틀에 박혀 있었다. 그래서 남들이 나에게 '안정된 일'을 하고 있다고 말했을 때, 난 그 어떤 반론도 제기하지 못했다. '미래가 잘 보이는 일'이라고 했을 때, 앞이 깜깜하다고 느낀 내가 이상하다고 생각했다.

경력이 조금씩 늘고, 마음의 여유가 생기고 나서부터 주변이 보이기 시작했다. 곳곳에, 드문드문 새롭게 창조해 나가는 선생님들이 계신다. 그래서 유튜버도 하시고, 베스트셀러 책도 내신다. 교사생활을 하다가도 더 나은 삶을 위해 새로운 일을 하는 사람도 있었다. 화가를 하거나, 그림책 작가도 하신다. 한 분야를 더 공부하여 대학교 시간강사를 하시는 분들도 계신다. 이 일을 버리고 도자기를 굽고, 재테크로 강의 다니시는 분들도 계셨다.

난 내가 해야 되는 일에 울타리를 둘러놓고, 그것만 한다고 불만을 가지고 있었다. 착각했었다. 오해하고 있었다. 내가 괜히 못할 것 같으니, 아니 안 할 것 같으니까 한 곳에 머무르기만 하는 삶을 택한 것이다. 그러면서 저런 일을 해내는 사람은 나와는 다른 사람일 뿐, 내 삶과 생각에 동화시키질 못했다.

난 요즘 갈증을 느낀다.

뭔가 새롭게 창조해 나가며 사는 사람들을 보면 부럽기도 하고, 하루하루 똑같은 내 삶이 다소 지루하다. 한번 사는 인생 내일을 알 수 없는 그런 일도 정말 해보고 싶다. 그래서 실망도 설렘도 느끼고 싶다.
그렇게도 고지식하고, 단단했던 내 생각에 이제서야 이렇게 문을 달았다.

아이 책장에서 '빨강머리앤'이 보였다. 어렸을 때, 만화로, 책으로 참 재밌게 봤었는데. 그래서 책을 빼어내 단숨에 읽어 나갔다. 앤이 말했다.
"뭐든 미리 알고 있다면 시시하지 않겠어요? 제가 상상할 거리가 없어지잖아요."

그래 맞다.

난 상상할 거리가 없는 삶이 싫었다. 앞이 너무 또렷하게 보여 정해진 삶만 사는 게 시시했다.

누구 탓도 아닌 모두 내 탓이다. 그 시시한 삶을 주도한 건 결국 나였다. 그러면서 직업 탓, 환경 탓을 하고 있었다.

이젠 당연하다고 생각되는 워킹맘의 삶, 초등교사의 삶으로부터 조금 비켜서서 걸어보고 싶다.

오래전 하늘을 보며, 내 미래가 어떠할지 물어본 적이 있다. 기대와 설렘으로 별에게 기도하기도 했다. 어느새 이십 년이 흘렀고, 그동안 새로운 미래를 그려보는 일은 내 머릿속에서 지워진지 오래다. 반성까지는 아니지만 좀 후회스러운 건 사실이다.

요즘 난,

다시 하늘을 보기 시작했다.

20년 전처럼, 나의 다른 내일을 그린다.

그리고⋯⋯

오늘 밤, 나는 아무도 몰래 빨강머리 앤에게 쪽지를 썼다.

내 삶도 이제 시시하지 않아.
왜냐고? 나 오늘 밤새 상상할 거거든.
너처럼 말이야.

선택과 집중 몰라?
저것들 모두 할 게 아니라,
하나를 정해서,제대로 집중하며 해봐.
그래야 잘 할 수 있지.

뭐? 선택을 잘못하면 어떻게 되냐고?
잘못된 선택에 오롯이 집중만 하다가
괜히 망할 수도 있다고?

선택과 집중

헤밍웨이의 노인과 바다에서 노인은 큰 물고기가 문 낚시대를 제외하고는 다른 낚시대의 줄을 죄다 끊어버린다. 그러면서 이렇게 말한다.

'다른 고기를 잡으려다 괜히 이놈을 놓치면 누가 그 모든 걸 보상해 주겠어?'

하나를 제대로 얻기 위해, 다른 것을 과감히 버린 것이다. 결국 그 노인은 그 큰 물고기를 잡을 수 있었다. 자신이 가질 한 가지를 선택하고, 그것에 집중하는 것. 우리가 시도 때도 없이 듣는 '선택과 집중'의 논리이다.

인터넷으로 '선택과 집중'을 검색해 보면 합격전략, 투자전략, 성공전략이라는 말들과 마치 커플인 양 붙어서 어떤 묘한 분위기를 뿜어 댄다. 어떤 일에서 그 결과를 좋게 하기 위한 효율적인 방법으로 '선택과 집중'은 없어서는 안 될 요소이기 때문이다.

둘째가 태어났을 때, 마침 신랑은 승진을 위한 벽지학교로 갈 준비를 하고 있었다. 그 학교에 발령 나기 위해 다수의 선생님들과 경쟁해야만 했다. 점수의 순위에 따르는 일이라, 당연히 점수를 채우는 노력이 필요하다. 교사 연구대회에 나가서 입상도 해야 하고, 학생을 지도하여 대회에 나가 그 실적도 좋아야 했다. 뿐만 아니라 학교의 업무를 도맡아 해야만 한다. 그때 나는 휴직 중이었고, 두 아이를 홀로 케어해야만 했다. 그런데 둘째는 첫째와 달랐다. 잠도 자지 않았고, 매일같이 울기만 했다. 나는 지쳐갔고, 그런 날 보며 커야 하는 큰 아이가 안쓰러웠다. 결국 난 선택을 했다.

"여보, 벽지학교는 다음으로 미뤄요. 화정이한테 당신이 엄마가 되어줘야 할 것 같아요. 칼퇴근 해서 큰 아이에게 내 빈자리가 덜 느껴지도록 해줘요."
그래서 신랑은 벽지 준비를 다음으로 연기했고, 첫째 아이가 어린이집 하원 할 시간에 맞춰 기다렸다가 저녁내내 온 힘을 다해 놀아주었다. 지금 생각해보면 그 '선택과 집중'은 정말 신의 한수였다. 그 선택 덕분에 큰 아이는 결핍없이 동생을 사랑하는 자존감 높은 아이로 클 수 있었고, 신랑도 다음 학교에서 마음 편히 벽지를 준비해 원하는 학교로 가게 되었다.

그뿐 아니다.
나는 늘 수업기술을 높이기 위해 발버둥쳤다. 수업을 잘 하고 싶어 스스로 프로젝트도 설계하여 실천해 보았고, 잘하는 사람을 좇아 배우고 또 배웠다. 그래서 5년간 연속으로 수업대회에서 입상하기도 했다. 덕분에 난 지금 어떤 수업도 주저하지 않고 즐겁게 할 수 있다. 만약, 내가 그때 지금처럼 글을 쓰고, 그림을 그리고 SNS를 했다면 그것을 이룰 수 있었을까? 턱도 없다. 몇 년 동안 방학 때마다 도서관 열람실에 앉아 지도안 수십 장을 썼다. 아이가 자고 나면, 아이가 어린이집에 가고 나면, 어떻게든 수업에 필요한 자격증을 따기 바빴고, 수업사례 보고서를 쓰는 데에 열중했다. 그 집중의 시간만이 그 결과를 만들어 줄 수 있었다.

음악가, 연예인, 화가, 운동선수 등 성공한 사람들만 보아도 모두 선택과 집중을 했다. 어릴 때부터 너무 좋아했거나, 혹은 특출나게 잘해서 그 분야를 선택했을 것이고, 거기에 많은 땀과 시간을 썼다. 그러니, 잘될 수밖에 없다.

주변에 선택과 집중을 잘해서 성공한 선생님들이나 엄마들이 있다. 놀이, 학급경영, 글쓰기 교육, 요리, 엄마표 공부 등으로 핫한 인플루언서들이다. 웬만한 연예인보다도 유명하다. 처음부터 그러진 않았을 것이다. 좋아하고 잘하는 한 가지에 올인하여 오랜 시간 이루어지길 간절히 노력했음에 틀림없다.

'선택과 집중의 힘인가?'
'그렇다면, 우리 모두가 성공을 위해 이렇게 선택과 집중을 해야 할까?'

그럼 난, 빛난 내일을 위해, 지금이라도 뭔가를 선택해야 했다.

그림책으로 할까?

그래. 좋다. 나는 그림책을 꽤 좋아한다. 한때는 내가 그림책을 직접 만들어 수업에 활용하기도 했었다. 수업내용과 관련한 이야기를 꾸미고 내가 그린 그림을 넣어 빅북을 제작했다. 그것으로 아이들의 환호를 받기도 했다.

'자, 그럼, 거기에 집중 좀 해 볼까?'

'⋯⋯'

아니다. 나는 다른 수업도 하고 싶다. 신문을 활용한 수업도 하고 싶고, 연극을 활용한 수업에도 관심이 많다. 그래서 그림책에만 집중할 수가 없을 것 같다. 집중할 만큼 좋아하지는 않았다.

티비 프로그램에서 한국사에 푹 빠진 아이가 나왔다. 우리집 큰 아이와 나이가 같아 더 유심히 보게 되었다. 그 아이는 2학년때부터 한국사의 매력에 빠져 한국사 공부에 자신의 하루를 쓴다고 했다. 지금 그 아이는 역사학자의 꿈을 지닌 채 그곳에 온 힘을 다해 몰두하고 있다. 그 아이는 틀림없이 그 분야에서 성공할 수 있을 것이다. 분명한 믿음이다. 왜? 그 집중의 노력과 시간은 그 어떤 것과도 바꿀 수 없는 그 아이의 능력이니까. 그렇다면, 같은 또래인 우리 아이는 어떤가? 그 아이처럼 좋아하고 잘할 수 있는 집중 거리를 찾았는가?

아이에게 물어본다.

"화정아, 너 진짜 좋아하는 게 있어?"

아이는 '무슨 질문이 그래?'란 표정으로 나를 쳐다보았다.
그리고는 어떻게든 답변을 안 하면 안되겠다 싶었는지, 주저리주
저리 말했다.
"학교에서 배우는 과목 중에는 체육과 수학을 좋아하고, 운동 중
에서는 배드민턴이 좋아요. 피아노는 좋은지 안 좋은지 잘 모르겠
고요. 좋아하는 음식은 엄마가 만든 김밥이요."
애매한 질문에 답변을 했다는 성취감으로 아이는 눈을 반짝이며
날 바라보았다.

'그런 말이 아닌데.'

그동안 선택과 집중은 누구라도 반박 못할 성공전략이었다. 하지
만 난 오늘 알게 되었다.
"선택과 집중을 하면 성공한다."는 맞지만 "성공을 하려면 선택과
집중을 해야한다."는 명제는 틀렸다는 것을.

사람마다 다를 수 있다. 뭔가 하나에 잘 꽂히는 사람이 있는가 하
면, 두루두루 조금씩 잘하고 싶은 사람도 있을 것이다. 그렇게 좋
아하고 잘하고 싶은 일이 아닌데, 괜히 그것에 선택과 집중을 했다
가 나중에 다른 게 좋아질 수도, 다른 것을 더 잘하고 싶을지도 모
르는 일이다.

그래서 나는 좀 더 수월하게 생각하기로 했다.

굳이 뭐 하나를 선택할 필요는 없다고.
이것저것 하면서 그저 가는 대로 가다 보면 선택하고 싶은 게 생길 거라고.

그럼, 그때 집중하면 된다고.

승
자
효
과

이안 리처드슨의
「승자의 뇌」中

왜 내 계단이 저것보다 더 가파를까?
오르기 너무 힘들잖아.

야!, 너 그 계단 어떻게 만들었니? 너무 쉬워 보여서.

뭐?
하나라도 제대로 딛고 서 보라고?
그럼 절로 쉬워질 거라는 말이야?
그것 참 간단하네. 그 정도야. 뭐.

승자 효과

자존감이 낮은 아이가 있어 부모와 상담을 하였다. 자존감이 낮다고 판단한 근거는 의외로 단순하다. 수업 중 제시하는 과제에 친구들 뒤로 빠지는 소극적 행동을 보이거나, "못한다.", "하기 싫다."라는 말들을 1일 1회 이상 사용하면서 나의 심기를 건드릴 뿐 아니라, 그 애의 움츠러든 마음을 돌봐주지 못한다는 죄책감으로 내 자신이 한심하게 느껴졌다면, 그 아이는 분명 자존감이 낮은 것이다.

상담할 때, 나는 이 아이의 부모에게 이런 제안을 했다.
작은 것이라도 성공 경험을 갖게 해보자고, 그리고 그 경험을 반복해 보자고.
반복된 성취 경험은 자신의 성취에 대한 믿음으로 이어지고, 결국 다음의 것에 도전하기가 쉽다고.

"승자효과"라는 말이 있다.

성공을 경험했을 때, 뇌의 화학물질이 그 성공을 기억하고, 다음의 성공에 대한 동기와 자신감을 만든다는 연구 결과에서 나온 이론이다.

쉽게 표현하자면, '고기도 먹어본 놈이 맛을 안다.'는 옛 속담처럼, 성공해본 놈이 성공을 또 한다는 의미 정도로 보면 될 것이다.

"난 참 대단해. 얼마나 끈기 있게 노력했는지. 정말 창의적인 성과였어."라는 칭찬은

"저것도 잘 할 수 있을텐데. 또 도전해보면 성과가 있겠지."라는 긍정적 자기최면으로 귀결된다.

성공이 자신감을 만들고, 그 자신감은 또 성공을 만든다. 닭이 먼저냐, 달걀이 먼저냐와 같은 결론 없는 논리일 수 있지만 여기서 알 수 있는 것은, "성공을 위해서는, 성공을 할 수 있겠다는 믿음이 필요하며, 그런 믿음은 어떤 다른 성공으로부터 나온다."이다.

이렇게, 어떤 의도적인 행동은 내가 갖고자 했던 감정을 만들어 낸다. 그리고 그 감정이 내가 원하는 행동을 또다시 만들어 내기도 한다. 그러니까, '성공'이란 것을 하고 싶으면 우선 자신감부터 가져보고, 자신감을 갖고 싶다면 계획해서라도 조그만 성공을 해보자는 것이다. 나는 때때로 성공의 경험과 그 기분을 느끼기 위해, 아주 미미한 과제를 스스로에게 제시하고, 성취한 후의 기분을 즐긴다. 가령 현관 바닥 닦기나 책읽고 감상문 10줄 쓰는 등의 소소한 과제가 날 살림꾼이나 감성이 충만한 아줌마로 느끼게 해주는

것과 같다. 난 그 이후에도 성공자다운 내 모습을 유지하기 위한 소심한 성취목록을 하나씩 실행해 나간다.

아까 언급했던 그 아이가 오늘 짧지만 굵은 과제를 하나 해냈다. 지역의 문화유산을 조사하여 보고서를 만드는 일이었다. 중간중간 나의 도움도 있었지만, 그 도움을 아이가 알아채지 못하도록 했다. 그리고 아이의 그 작은 성공을 친구들 앞에서 성대하게 환영해 주었다.

아이가 하교하면서 나에게 말했다.
"선생님, 다음에 또 이런 거 해요. 저 사실 놀랐어요. 제가 좀 잘 해서요."
이렇게 그 아이는 또 다른 성공을 예고하고 있었다.

With you……

내 옆의
이 사람과……

어떻게
잘 걸어갈까?

Part. 3
너와 함께 걷기

뭐든지
각자가 존재하는
이유가 있는 법.
그래서……
그 이유가 얼마나 거창한지,
얼마나 왜소한지는 모르겠으나,
함부로 건들 수 없는 법.
이게
나름의 법칙이다.

나름의 법칙

'나름'이란, 하기에 달려있다는 말이다. 개개인이 가진 생각에 '사람마다 다를 수 있다'는 유연성을 부여해 주는 말이다.

그러니까 무조건 자기 입장에서 '00이 좋더라. 00는 별로더라.' 라고 말하며 동조해주기를 바라는 건 지나친 자기 중심적인 소통법이다.

싸움을 싫어하고, 누군가에게 눈치를 받는 걸 꺼려 했던 나는 마음에도 없는 소리를 곧잘 한다.

"맞아요.", "그렇지.", "응, 맞아. 맞아."

하면서 줏대도 없는 사람처럼 이쪽으로 붙었다, 저쪽으로 붙었다 할 때가 있었다. 그러면서 늘 마음속으로는 이렇게 외쳤다.

'제 생각은 다르답니다!'

난 두 아들을 낳았다. 임신했을 때, 사실 난 딸을 낳고 싶었다. 내 주변의 모든 사람들이 나에게 '혜정이는 딸 낳을 것 같다. 꼼꼼하니, 얼마나 예쁘게 해서 키울까?', 이 소리를 어찌나 하던지. 그래서 그랬는지, 나는 당연히 내 뱃속의 아이가 딸일 거라고 굳게 믿고 있었다. 둘째일 때는 더욱 그렇게 바랐다. 나의 감성을 함께 해줄 동성의 가족, 생각만 해도 행복했었다. 하지만 난 아들 둘을 낳았다. 그들과의 삶이 유유자적했던 건 아니지만, 그 애쓰는 삶에서 보람도, 기쁨도 컸다. 모든 걸 공유하며 즐거운 시간을 쌓는 그 두 아이를 보면서 남매가 아니라, 형제임에 참 다행이라고도 생각했다.

그런데 문제는 제 3자들이다. 나는 괜찮은데, 아니 너무 좋은데, 왜 날 불쌍하게 보는 거지?

"지금이라도 셋째 낳아. 딸일지도 모르잖아."

'그럼, 키워주실 건가요?'

"어이구. 그래서 저렇게 말랐구나."

'원래, 체질 상 그런 거예요. 우리 아드님들 때문이 아니라, 그냥 지랄 맞은 성격 때문에 마른 것이구요.'

결론을 말하자면, 난 아들 둘 참 괜찮다. 딸 없어서 큰일 난 듯, 불쌍한 듯 보는 사람들…… 그들에게 '나의 입장은 당신들과 다르다'라는 걸 말해주고 싶다.

딸도 딸 나름, 아들도 아들 나름, 그냥 잘 키우면 되는 거다.

사람, 물건 모두 그 자체가 가진 고유의 것이 있다. 뭐든지 존재의 이유를 가지고 있다고 생각한다. 그리고 각자가 가진 그 고유한 영역, 존재의 이유를 '나름'이라 하며, 그 누구도 따라 하거나 건들지 못한다. 나는 '나름의 법칙'에 대해 생각해 보며, 내가 그동안 얼마나 다른 사람들의 고유 영역을 넘보았는지 알게 되었다. 내가 잘하고 있는 걸 발견해서 키워주는 것보다, 남이 가지고 있는 것을 부러워하고, 안되는 걸음으로 쫓고 있었다. 그 사람은 그 사람 나름으로, 열심히 살고 있는 것이고, 나는 내 나름으로 열심히 살면 되는 것이다. 그리고 우리 아이들이 각자의 나름대로 열심히 살 수 있도록 도와주면 되는 것이다.

'나름의 법칙', 다양성과 자존감이 존중되어야 하는 요즘의 교육상황에서 절실히 필요한 법칙이다.

내가 알사탕 줄게. 먹어보렴.
어때? 이제 내 마음이 보이니?
내가 한 박스 택배로 보내줄 테니까
나를 만나러 올 때는 꼭 한 알씩 먹으렴.
내 마음 좀 알라고.

네 마음 들여다 보기

백희나 작가의 '알사탕' 그림책을 읽었다.

마음을 전하는 마법의 알사탕이 있다. 늘 혼자서 노는 동동이는 문구점에서 알사탕을 사게 된다. 그 알사탕을 먹고 소파의 목소리도 듣게 되고 강아지 속마음도 알게 된다. 잔소리 하시는 아빠의 '사랑해' 목소리도 듣게 된다. 입안의 알사탕이 다 녹아 사라지면 신기하게도 목소리는 더 들리지 않는다.

'정말 이런 알사탕이 있었으면⋯⋯'

정말 이런 알사탕을 판다면, 사람들은 언제 이 알사탕을 사게 될까?

살면서 상대방의 속마음을 알고 싶을 때가 있다.

내 마음도 잘 모를 때가 있는데, 상대방 마음을 알아내는 건 늘 복잡하고 애매했다. 마치 답 없는 문제 같다.

'알사탕을 입에 물고 아이를 혼내볼까?'

'알사탕을 입에 물고 수업을 해볼까?'

'알사탕을 입에 물고 남편과 대화할까?'

굳이 알사탕이 필요할 만한 때를 생각해 보았다.
신랑이랑 티격태격 대화할 때,
답답한 아이의 행동에 잔소리할 때,
반 아이들이 문제를 일으킬 때, 수업에 집중하지 않을 때……

그런데…… 다시 한번 더 생각해 보면
나는 이들의 마음을 알고 싶은 것이 아니었다.
이들이 나의 마음을 알아줬으면 하는 것이었다.

그렇다면,
내가 굳이, 알사탕을 먹을 필요가 있을까?
내가 아닌, 상대에게 먹여야 하는 것 아닌가?
솔직히 말하자면,
사실 난, 그들 마음을 어느 정도 알고 있다.
단지 알고 싶지 않아서 모른체하고 있었을 뿐이다.

그들 마음과 나의 마음이 다르니,
"그대들은 나의 마음을 알아채고 나의 마음에 맞게 행동해 달라!"
이런 거였다.
으이! 이기적이야!

암튼······ 난,

알사탕을 사더라도 절대 내가 먹는 일은 없을 것이다.

박스째 사놓고

내 주변 사람들에게 하나씩 하나씩 먹이겠지.

주기적으로,

나의 간절한 소망을 담아.

니들과 다르다고 틀린거냐? 쳇!

자기랑 좀 다르게 산다고……
아이를 좀 다르게 키운다고……
좀 다른 것에 관심을 가진다고……
틀렸다 말하며 험담하는 사람들은
자존감이 참 낮은 자들이다.
자신의 다름을, 특별함을 아직 찾지 못해서
그래서 남의 다름도 인정하지 못하는 것이다.

그냥 다른 거야

명작동화 '미운 아기 오리'를 보면 주인공은 자신의 무리와 다르게 생겼다고 못생긴 취급을 당한다. 뭔가 크게 잘못된 것 마냥 비판을 받는다. 구성원 대부분의 생각과 행동이 자신의 옳고 그름의 기준이 되고, 그 기준에 맞지 않아 그 무리에서 외톨이가 된 것이다. 배우 전지현이 난쟁이들이 사는 세계로 간다면 분명 이런 소리를 들을 거다.

'쟤는 왜 저리 키가 커? 징그럽게.'

'어머, 몬스터 같아. 무서워.'

이런 극단적인 예 말고도, 우리는 심심치 않게 주변에서 미운 아기 오리가 된다. 교실에서 모든 아이들이 신나게 놀고 있다. 한 아이가 책을 읽는다. 누군가는 이렇게 수군댄다.

"어머, 저 아이 뭐야? 이상한데? 친구가 없나 봐. 사회성이 모자라나? 놀 때는 놀아야지."

책 읽는 게 그 아이에게는 놀이일 수 있는데, 자기들 마음대로 기준을 정해 미운 사람 취급을 한다.

난 노는걸 그리 좋아하지 않는다. 아니, 노는 게 다른 사람들과 조금 다를 뿐이다. 우선, 나는 집에 있는 것을 좋아한다. 나에게 놀이란 그저 컴퓨터로 문서작성? 뭐 이런 거 하는 것이다. 아니면 아이들 공부 가르쳐주는 일이나, 오은영 박사님이 나오는 육아 프로그램을 시청하는 게 고작이다. 시간을 내어 다른 사람들을 만나는 일이 싫지는 않지만 좋아하지도 않는다. 스터디 모임 이외에는 약속을 먼저 잡는 일이 손꼽을 정도다. 여행도 그렇게 즐기지 않는다. 불편하게 씻고, 내 침대가 아닌 곳에서 자는 게 부담스러운지 여행을 가도 거의 당일치기이다. 당연히 해외여행 경험도 별로 없다. 그래서 요즘에는 코로나 핑계로 더더욱 당당한 집순이가 되었다.

이런 날 보고
'제대로 놀 줄 모르는 어른이'라고 말하는 이들이 있다.
후회하게 될 거라고도 했다.

육아에 있어서도 부모의 생각이 많이 반영된다. 그 부모의 생각은 모두 다를 수밖에 없을 테고, 결국 아이는 다른 양육방식으로 자란다. 지인 중에 영어를 참 잘하고 좋아하는 선생님이 계신다. 그분은 집에서 아이와 영어로 대화하고, 책도 영어로 읽어 주신다. 3살도 안 된 아기인데도 말이다. '외국어보다는 한국어가 먼저'라고 생각한 나와는 전혀 다른 방법으로 아이를 키운다. 그런데 그게 뭐가 문제인가? 사랑으로 키운다는 본질만 변하지 않으면 될 뿐, 각기 다른 사람이 같은 양육방법을 따를 필요는 없는 것이다. 암튼 그 선생님은 주변 맘들의 따가운 시선을 받는다고 했다. "별나게 키운다.", "나중에 한국어도, 영어도 다 못할 수 있어.", "영어에 뭐 그리 오버하지?" 등의 말들에 속상해했다.

좀 이해가 안 된다.
그냥 각자 자신의 방법으로 잘 키우면 되는 건데.

사람은 모두 다르다. '틀린 게 아니라 다른 거야.'라는 말을 수도 없이 듣고 살지만 정작 사회에서는 어른이든, 아이든 자신의 무리에서 조금 다르다는 이유로 미운 아기오리를 만들어 낸다.

한 무리 속 사람들은 열이면 열, 백이면 백, 그 모습이 제각각이다. 외모뿐 아니라, 좋아하는 일, 잘하는 일, 무서워하는 일, 싫어하는 일 등이 모두 다르다. 그럼에도 불구하고, 꼭 목소리 큰 사람들은 자신과 다른 사람을 가리키며 이상하다 말한다. 그리고 그게 곧 사실처럼 되어버린다.

그게 참 별로다.
그동안 나는 미운 오리가 될까 봐 눈치보며 살았었고, 내 아이가 미운 오리가 될까 봐 대다수의 아이를 기준으로 키웠다.

그리고 우리 반 교실에서 미운 오리를 찾아 다른 오리들처럼 보이게 하는 것이 내 일이라 생각했다.

아니다.

우리 반 미운 오리의 특별함을 찾아주는 게 내 일이었고,
우리 집 미운 오리에게 맞는 사랑을 표현해야 했다.
그리고 나 또한 행복한 미운 오리가 되기 위해 노력해야 했다.
우리 모두 자신의 다름을 사랑하고 존중해 줘야 한다.
그래야 남의 다름도 예쁘게 볼 수 있다.

만약 나를 사랑하는 마음이 부족하여 그 보상심리로 남을 헐뜯는 것이라면, 먼저 자신을 좋아해 보는 건 어떨지.
남들과 다른 특별함을 내 속에서 찾아 보듬어주고 빛나게끔 닦아주는 건 어떨지.
나의 다름을 신나게 즐겨보는 건 어떨지.

이렇게 우리는 자발적
미운 오리 새끼가 되어 보는 것이다.

당신은 솔직한 건가요?
못 된 건가요?

잠깐이라도 혼자서 스스로를 생각해 보세요.

솔직함과 못됨의 사이

어딜가나 꼭 말이 센 사람이 있다. 본인은 자신이 쿨하고 솔직한 사람이라고 자부한다. 한심스럽게도, 그런 사람들은 자신으로 인해 다른 사람들이 상처 받는다는 걸 모르는 것 같다.

챗! 솔직은 무슨!
그냥 한 마디로, 아주 못 된 거다.
마음이 작아서 상대를 품을 수 없는 사람이고, 시야가 좁아서 상대의 마음까지 헤아릴 줄 모르는 자들이다.

솔직함과 못됨은,
둘 다 거짓이나 숨김이 없는 데에 공통점이 있다.
그래서 못 된 사람들의 대부분은 자신이 솔직한 성향을 가졌다고 착각하게 된다.
"나 알잖아? 원래 마음을 잘 못 숨기는 거. 사람은 이렇게 솔직해야 돼."라고 말하며 거침없이 내뱉곤 한다.

입안에 필터 백만 개를 넣어주고 싶을 지경이다.

하지만 솔직함과 못됨은 확연하게 다르다. 솔직함은 바르고 곧은 마음가짐을 전제로 한다. 원래 깨끗하고 잘 지어진 집을 사람들에게 꾸밈없이 공개해보자. 얼마나 그곳에서 살고 싶을까?
반대로 못 된 사람들은 고약한 성질과 바르지 않은 품행이 바탕에 깔려 있다. 그런 사람들이 자신의 삐뚤어진 성향을 솔직하게 뿜어대니, 그 파급효과는 처참할 뿐이다. 벌레가 득실하고, 정리가 안 된 집을 순순히 공개한들, 누가 구경이라도 할 수 있을까?

그래서 나는 이 세상의 수많은 상처받은 이들을 대변하여,
저 못된 사람들에게 이렇게 큰 소리로 말하고 싶다.

"이봐요! 당신은 솔직한 게 아니라 못된 거예요.
그냥 못된 거요. 아주 못됐어요. 더럽게 못됐어!"

너, 지금 뭐해?
이노무자식!
열심히 하라고 기껏 책상 사줬더니,
딴짓을 해?

뭐?
나도…… 해보라고?
딴짓을?

딴짓 해도 돼

수업시간이 되면, 내 눈은 매의 눈이 된다. 반 아이들 30명 가까이 되었을 때에도, 나는 저 끝에 앉아 있는 아이가 필기를 제대로 하는지, 문제를 집중하며 푸는지 알 수 있다. 그렇게 나는 십여 년간 아이들이 자신들의 일에 몰두하는지, 딴짓을 하는지 확인하는 감시자였다.

수학익힘책을 걷어 채점을 하는데, 유독 한 아이 책 곳곳에 낙서가 눈에 띄었다. 그래서 그 아이를 불렀다. 그리고 아주 점잖게 물어 보았다.

"00아, 이거 뭐니?"
나도 참 웃긴 게, 알면서 물어보는 건 뭔가? 낙서인지 모르는 것도 아니고.
(오은영박사님이 말씀하셨다. 절대 아는 건 묻지 말라고. 아이의 거짓말을 부르는 행동이라고.)

나는 힘껏 다정하게 물어보았지만 아이는 얼어 있었다. 그리고 죄지은 것 마냥 말도 못하고 서 있었다.

"다음엔 책에 낙서하지 마. 알겠지?"

나는 쿨하게 지도했다고 스스로를 토닥이며 그날을 뿌듯하게 보냈었다.

그로부터 며칠 뒤, 티비를 켰는데, 기안84라는 웹툰 작가의 일상이 나왔다. 그의 집 속에 그림이 한가득이었다. 그리고 이렇게 말했던 것 같다.

"초등학생 때 정말 낙서만 했어요. 교과서에, 벽에, 바닥에. 그게 정말 재미있었어요. 그때부터 그림이 좋았나 봐요."

몇 년이 지난 지금, 그때 그 낙서를 했던 아이는 중학생이 되었고, 미술을 전공하기 위해 열심히 준비 중이라고 했다.

저녁식사를 다하고 부엌정리를 했다. 힘든 몸을 이끌고 거실을 둘러보니 아무도 없었다.

'요놈들 뭐 하는 거지? 왜 이리 조용해?'

아이의 동태를 알고자, 내 눈은 또 감시모드로 변했다.

아이 방문을 슬쩍 열어보니, 이 두 망아지들 모두 각자의 컴퓨터 앞에서 한놈은 코딩을, 한놈은 영상보며 만들기를 하고 있는 것이 아닌가.

나는 또 아주 점잖게 물었다.

"너희 할 거 다 했니?"

아이들은 꽤 오래 나와 살았기 때문에 내가 언제 고함을 치는지 잘 알고 있다.

그래서인지, 당당히 말한다.

"그럼요. 다했어요."

나는 괜히 그 딴짓을 막기 위해 심통을 부렸다.

"학교 숙제는?"

"피아노는 쳤어?"

"일기는 요즘 예쁘게 쓰니?"

어떻게든 저 딴짓을 막아보려고 나는 쿨 내 풍기며 저렇게 질문만 해댔다.

교육 자료를 찾아보다가 '스티브잡스'에 대해 검색한 적이 있다. 그는 미국 히피문화에 빠져 한동안 여행만 다녔고, 마약에, 대학중퇴에, 한마디로 우리가 말하는 쓸데없는 짓을 성인이 되어서도 했다고 한다. 그런데도 그의 위인전은 세계 각 도서관마다 꽂혀있다.

아이들이 좋아하는 '페이퍼빌드' 유튜버를 보면서도, '저 사람은 종이접기에 얼마나 많은 시간을 썼을까? 만약 내 아이가 하루종일 종이만 접고 있다면? 그런 아이를 가만히 보고만 있는 게 가능할까? 응원해 줄 수 있을까?'라는 생각을 한 적도 있다. 아이들에게 '창의적인 사람이 되어라.', '앞으로는 크리에이터(창작자)의 시대이다.', '그러니까 시키는 공부만 할 게 아니라, 자신이 좋아하는 일, 잘하는 일을 찾을 수 있어야 한다.'라는 말을 수도 없이 내뱉으면서도, 정작 나는 아이들이 딴짓할까 봐 노심초사하는 고리타분한 어른이었다. 꼭 콩쥐 감시하는 팥쥐 엄마 같았다.

딴짓은 하고 있는 일과는 전혀 관계없는 행동을 말한다. 한마디로 지금 내가 이렇게 글을 쓰고 있는 것도 나에게는 딴짓이다.
누군가가 나에게,
"이봐요, 이혜정씨! 왜 딴짓해요? 당신은 교사로서 아이들만 가르치면 되고, 엄마로서 아이 키우는 일만 하면 돼요. 자기 일만 하면 되지, 왜 그러시죠?"
라고 묻는다면,
나는 이렇게 대답했을 것 같다.
"그냥…… 재밌어서요. 이게 좋아서요. 그리고 이 딴짓에서 제 꿈을 또 찾았거든요."

딴짓은, 즐거움, 삶의 활력이 된다. 그 딴짓 속에 우리의 꿈이 숨어 있기도 한다. 그것을 방해한다고 안 할 것도 아니고, 시킨다고 억지로 되는 것도 아니다.
그냥, 딴짓은 딴짓일 뿐이니까, 제3자는 관계하지 말아야 한다.

그래, 애들아!
딴짓해!
이제 해도 돼!

우리 같이 딴짓 좀 해보자!
각자에게 해되는 일만 아니면
그깟 딴짓거리!
맘껏 해보자!

혹시 알아?
그 딴짓이 네 꿈이 될지.

어차피
내가
못 가지는 거라면

내가 안 되면
너도 안돼!
내가 돼도
너는 안돼!

싸움의 시작은
이런 거지.

싸움의 시작

호두과자가 딱 3개 남았다. 아이 둘이서 호두를 착하게 나누어 먹자고 약속을 하더니, 굳이 하나를 나에게 들고 와서 정확하게 반으로 잘라 달랬다. 엄마가 공정하게 나눌 수 있을 거라고. 나는 손으로 대충 반으로 쪼개버렸다. 내가 신도 아닌데, 어떻게 똑같이 나눌 수 있겠냐? 분수 1/2은 가르쳤지만 1/2을 정확히 나눌 수 있다고 언제 말했냐? 암튼 아이들은 좀 더 큰 걸 갖겠다고 티격태격했다. 그리고 결국 협상이 안 될 것 같으니까 그 반쪼가리 난 호두과자를 그냥 나에게 먹으라고 준다.

학교에서 그달 1인 1역할을 고르고 있었다. 이유는 모르겠으나, '칠판 담당'이라는 역할이 가장 인기가 좋았다. 가위바위보로 정하다가 딱 둘이 남았다. 마침 가장 친한 아이들이었다. 서로 신경전이 대단하길래 서로 대화해 보라고 했다. "내가 이거 하면 안돼?" "나도 하고 싶은데." 저쪽 가서 대화해 보라니 이런 자기중심적 말들만 늘어놓았다. 그러더니, 둘 중 한 아이가 나에게 와서 말한다.

"선생님, 저희 그냥 둘 다 칠판담당 안 할게요."

"어? 왜? 둘다 그렇게 동의한 거야?"

내가 다른 한 아이를 보며 이렇게 묻자, 그 다른 아이도 웃으며 말한다.

"네. 그냥 다른 역할로 할게요."

좀전의 전쟁은 언제 있었냐는 듯이 둘은 그렇게 말한 후, 서로 까르르 웃으며 팔짱을 끼고 자리로 돌아가 버렸다.

'헐......'

저렇게 빨리 포기할 수 있었던 거라면, 그냥 양보하면 더 좋았지 않았을까?

둘 다 그것을 못 했기 때문에 저렇게 웃을 수 있는 걸까?

아이들만 그런 건 아니다.

열심히 아이들과 놀아주고 있는데, 신랑이 저기 저 편한 침대에 누워있다. 괜히 화가 나서 온 힘을 다해 째려본다. 일어나서 뭐라도 하라고. 왜 아무것도 안 하고 있냐고?

내가 못 쉬면 당신도 못 쉬어.

일을 할 때도, 저 사람보다 내가 더 힘들게 하는 것 같으면 괜히 화가 난다. 억울해서 하기 싫고, 그 사람도 싫다. 차라리 같이 힘들면 아무렇지도 않다.

내가 힘들면 당신도 힘들어야지.

우리가 '효율'을 기준으로 이 상황들을 하나하나 점검해 본다면,

그 결과는 어떨까? 사실 이런 모든 행동들은 누가 보아도 비효율의 극치이다. 한 사람이라도 더 만족하는 상황을 만드는 것이 전체적으로 보았을 때, 이익일 텐데.

그런데, 이상하게도 우리는 유독 가까운 사람에게 너그럽지 못하다. 가까운 친구에게, 피를 나눈 형제에게, 사랑해서 결혼한 신랑에게, 줄곧 만나야 할 동료들에게 말이다.

우리집 아이들이 싸울 때 난 이렇게 말했다.
"와, 이럴 때 누가 작은 걸 선택할지, 정말 기대되는데? 양보는 정말 대단한 일이거든. 아무나 할 수 없는 거야."
그러니, 바로 칭찬받고 싶어하는 둘째가 작은 걸 고르며 형에게 양보했다.

학교 아이들이 서로 부딪힐 때 난 이렇게 안내했다.
"너희들이 잘 할 수 있는 일은 그것 말고도 너무 많아. 그 일을 누가 더 잘할 수 있는지 생각해봐. 그리고 자기가 다른 것도 뭘 더 잘할 수 있는지도 떠올려보고. 너희들은 다른 것들을 맡아도 정말 책임감 있게 잘할걸. 안 그래?"

그러니, 한 아이가 친구에게 "네가 이건 더 잘할 것 같아."라고 배려했다. 그리고 자신은 '책상 줄 맞추기' 역할을 하고 싶다고 말했다.

나보다 신랑이 더 편할 때 난 이렇게 마음먹었다.
'그래. 쉴 수 있을 때, 쉬어. 나중엔 내가 쉴 거니까.'
그러니, 신랑은 한참 쉬다가 눈치가 보였는지, 나보고 좀 누워 있
으라고 말한다. 어쩐 일로 건조기 문을 열더니 옷을 갠다.

동료가 나보다 일을 덜 할 때는 이렇게 생각하기로 했다.
'누가 알아주길 바라서 이렇게 열심히 하는 거 아니잖아. 난 멋져.
난 잘해. 분명 더 열심히 하고 있는 나는 몇 년 후, 저 사람과는 다
를 수밖에 없을 거야.'

싸움을 하고 싶은 사람은 아무도 없다.
나 또한 싸움을 하고 싶었던 게 아니라, 나의 양보를, 나의 배려를,
나의 힘듦을, 나의 열정을 인정받지 못한 데서 오는 화를 가까운
사람에게 표현했을 뿐이다.

내가 안 돼도,
너라도 할 수 있다면 다행이지.
내가 되면,
다음엔 꼭 네가……

이런 마인드가 좀 더 평안한 나를,
너를 만든다.

말한다고 다 아는 건 아니죠.

그래서 난 그림을 그려요.
다들 안 되는 거에 너무 애쓰지 말아요

내가 그림 그리는 이유

결혼 전, 난 지금의 남편과 3년 정도의 연애를 했다. 그리고 그 3년 동안 우리는 몇 차례의 이별과 만남을 반복했었다. 헤어짐의 이유 또한 모두 같다. '내 마음을 알아주지 않아서.'이다. 둔하고, 단순한 그 남자는 예민하고 까탈스러운 나의 마음을 그때그때 캐치하지 못했다. 그래서 그 시절 그 남자는 이유도 모른 채 나의 침묵 폭격을 몸소 받아냈어야 했고, '연락 두절'이라는 냉전체제를 준비도, 동의도 없이 받아들여야 했다.

내 마음을, 내 바람을 직접적으로 말하는 것은 내 자존심에 위배되는 행동이라며 난 스스로 차가운 마녀가 되어 버렸다.

하지만 너무나도 좋은 그 남자와 결혼하기로 선택했고, 동시에 나는 그런 자존심을 버리겠노라고 다짐했다. 헤어지고 싶지 않아서 결혼을 하는 건데, 또 그와 같은 전쟁을 치르고 싶지는 않았다.

그런 다짐 후, 나는 그에게 하나하나 말을 해주기 시작했다.

"여보, 지금 이거 치워줬으면 좋겠어."

"오늘은 하기 싫어."
"아까 좀 서운했어."
"나 지금 예민하니 혼자 있고 싶어."
"아이들과 놀러 나가주면 좋을 것 같아."

정말 난 계획한 대로 잘 실천하는 여자였다.
하지만 돌아오는 반응은 그렇지 않았다.
"좀 있다가. 나중에 치워도 되잖아."
"나는 오늘 하고 싶은데."
"서운할 게 뭐가 있었어?"
"또 예민하대. 알 수가 없어."
"너도 같이 나가자."

'그래, 그동안 다른 세계에 살던 사람들이 어찌 말 한마디로 이해할 수 있을까?'
이렇게 난 한숨과 함께 많은 것들을 단념했다.

내 교육법과 육아법 제 1조 2항은 바로 "하나하나 정성스레 말해주자."이다. (*1조 1항: 사랑이 기본이다.)
그것에 충실하고자, 나는 몇 년간 내 아이들에게 모든 내 마음을 전했다.
학교에서도, 집에서도, 열심히 난 말했다.
"친구가 저럴 때는 이렇게 해주면 좋겠어."

"어른에게는 그렇게 안 했으면 해."
"네가 지금 이러면 좋을 것 같아."
"너 그렇게 하는 거 싫어."

그런데 중요한 건 아무리 말해도 다 알아주지 않는다는 것이다. 40대 신랑이야 오래도록 다른 방식으로 자라 온 데다가, 자기 생활루틴이 어느 정도 잡혀있기에 내 말이 이해되지 않을 수도 있다. 그건 이해하겠다. 하지만 저들은 어린 아이들임에도, 철없고 물렁물렁한 아이임에도 내 말을 모두 듣지는 않았다.
우리집 아이 2명만 그랬다면 어떻게든 내 말을 듣게끔 했을 것이다. 고함을 질러보기도 엉덩이를 때려보기도 했을 것이다. 하지만 내가 만나고 가르친 1000여 명의 아이들이 모두 그러했기 때문에, 난 또 단념해야 했다.

상대의 말을 그저 듣는 것과 이해하는 것은 엄연히 다르다. hearing과 listening의 차이와 비슷할지도 모른다. 모두 다른 모습으로 태어나니까 말을 이해하는 영역과 범위도 다르나 보다.

'말을 해야 안다.'
이 말은 틀렸다. 분명하게 나는 15년 간의 실험으로 이를 증명했다.
'말을 해도 모를 수 있다.'가 옳은 명제이다.
난 오늘 내 법 1조 2항을 개정한다.

완전히 바꾸는 것은 아니고, 이 말만 추가했다.
"말해줘도 모를 때는 내가 좋아하는 방법으로라도 표현한다. 아이들과 나를 위한 것이라면, 어떤 방법이든 상관없다."

그리고 나는 부칙도 만들었다.
이 법은 언제나 '오늘'부터 시행하며, 언제든 내 마음대로 개정될 수 있다.
땅 땅 땅!

내가 그림을 그리고 글을 쓰는 이유는,
바로 이거다.
말해줘도 모르기 때문이다.

알림장 마지막에 이렇게 또 쓰라 했다.
"사람조심"

선생님!
낯선 사람이나 나쁜 사람 조심하라는 거죠?

아니. 잘 알고 있는 사람도 조심해야 해.

알고 있는 사람도요? 누구요?

음…… 그건……

사람 조심

알림장 쓰는 시간이었다. 요즘에는 그다지 숙제도 많이 없고, 준비물도 웬만큼은 학교에서 다 제공된다. 그래서 적을 게 많지 않다.

1. 코로나 방역수칙 잘 지키기
2. 책 읽고 독서기록장 쓰기
3. 주제 일기쓰기
4. 개인 물 들고 다니기
5. 차조심, 사람조심

새로운 것 없이 매일매일 내용이 거의 일치한다.
어느 날, 마지막 말, '사람조심'을 적을 때, 한 아이가 묻는다.
"선생님, '낯선 사람 조심'이라고 적어야 되는 거 아니에요?"
그러자, 다른 친구가 말한다.
"아니지. '나쁜 사람 조심'이라고 해야지."
자기들끼리 난리다.

그래서 나는 그 소란을 한마디로 정리해 주었다.
"그냥 내가 알든, 모르든 모든 사람을 조심하긴 해야 해."

아이들이 날 이상하게 쳐다보며 반박하겠다고 더 소란스러워진
다. 비판적 사고를 키워주겠다고 애썼던 게 후회스러울 정도다.
"그럼, 엄마도 조심해요? 친구도 조심해야 해요?"
"선생님도 조심해야겠네요."

내 말의 꼬투리를 잡았다고 기세등등하다.

"응. 다 조심해야 해."
"말 많은 사람도 조심해야 하고, 거짓말하는 사람도 조심해야지.
나와 같은 여자면 여자라서 조심해야 하고, 나와 다른 남자는 달라
서 조심해야 하지. 의리 없는 사람도 조심하고, 남을 이용하는 사
람도 멀리해야 하는 거야. 나쁜 사람이나 낯선 사람을 조심하는 건
당연한 거고."
"그럼 도대체 누굴 만나야 돼요?"

"그러게. 그렇게 따지고 보니, 만날 사람이 없네."

그렇게 아이들과 알림장을 쓰며 잡담한 날, 난 다시 생각해 보았
다.
하상욱 시인이 책에서 그랬다.

인간관계는 넓히는 게 아니라 좁히는 거라고.

난 그 말에 진심으로 동의했다. 나와 맞는 몇 명만 있으면 된다고. 그래서 나는 나쁜 사람뿐만이 아니라, 내 주변 사람들을 이리 따지고 저리 계산하면서 나에게 혹 상처를 줄지도 모른다 생각되면 사전에 울타리를 쳤다.

웃긴다. '다양성'을, '공감과 소통'을 가르쳐 왔으면서 정작 나는 나와 다르다고 끊어버리고 소통을 마다했다.
나의 생각대로라면 정말 만날 사람은 없다. 그저 혼자 방에 콕 박혀 살아야 한다.

인간관계를 좁히되 나처럼 닫아버려서는 안 되는 데 말이다.

내일부터 알림장에는 이렇게 적어야겠다. 더 길어졌다고 아이들이 싫어할지도 모르겠다.
"사람 조심(조심하되, 노력은 해보기. 나쁜사람, 낯선사람 빼고!!)"

엄마: 엄마는 너희를 가장 많이 사랑해.

아이: 저 사람들 보다요?

엄마: 당연하지. 너희가 1순위란다.

아이: 그럼 왜 저들에게보다
　　　더 잘해주지 않는 거죠?

관계 파라독스

두 형제가 다퉜다. 고집이 센 동생 때문에 형이 꽤 화가 났나 보다.
그래서 동생 책을 책상 위에 세게 내리치며 올려놓는다.
"화정아, 그 행동이 뭐야?"
"화가 나서요. 쟤가 계속 자기 마음대로만 하니까요."
"아무리 그래도 그렇게 표현하는 건 좀 그래."
"기분이 너무 나쁘잖아요."
"그래서 동생이 싫어?"
"그건 아닌데……"
"그럼, 그렇게 표현하면 안되지. 사랑하는 사람에게 사랑하는 표
현법을 써야 하잖아. 사랑하니까 잘해야지."

며칠이 지나, 아이 친구네랑 만나 함께 놀다 집에 들어왔다.
아이가 나에게 슬쩍 묻는다.
"엄마는 우리를 사랑하나요?"
"왜? 당연하지. 엄마는 거짓말 안 해. 너희가 1순위로 좋단다."

"그럼, 왜 다른 사람들에게 더 잘해줘요?"

난 분명 아이들을 사랑하지만 잘해주지는 못했다. 더 화냈고, 다른 이들에게보다 친절하지도 않았다. 하물며 매일 소리도 질렀다. 완전 모순이다.

결혼할 때 많은 사람들 앞에서 맹세했다. 평생 사랑하겠노라고. 너무 좋아서, 늘 함께 있고 싶어서, 그 사람을 위해 노력하는 일이 행복이라서 결혼을 했다.

난 분명 내 신랑을 사랑한다. 하지만 확실하게 밝히건대, 잘해주지는 않았다. 더 바랐고, 더 기댔고, 더 성질냈다.

내가 내지르는 화의 90퍼센트는 모두 그들에게 향하고 있었다. 우리집 세 남자.

아이에게 늘 말해왔다.
"사랑스러운 동생에게 그러지 마."
"사랑하는 형아에게 그러면 못써."

신랑에게도 늘 이야기한다.
"사랑하는 아내를 위해 그 정도는 해줄 수 있지?"
"날 사랑한다면 이것도 좀 해줘."

왜 그럴까? 왜 나는 지극히 사랑스러운 저 세 남자들에게 그런 걸까? 왜 내 말을, 내 마음을 지키지도 못하는 걸까?

내 편을 좀 들어보자면, 엄마의 사랑은 좀 다른 문제이다. '사랑하니까 잘해준다?', 이것은 엄마들의 사랑에 모순만 불어 일으킬 뿐이다.
엄마들은 내 아이의 사회적 관계와 미래를 위한 사랑을 실천하는 중이다. 그 사랑은 아이가 다른 사람들에게 잘 보일 수 있게, 미래에 잘 살 수 있게 바라는 마음이다. 그래서 화도 내고, 다른 사람들에게 더 잘해주기도 한 것이다.

아이가 어느 정도 클 때까지는 신랑에 대한 여자로서의 사랑은 잠시 접어둔다. 그렇기 때문에 엄마들은 아이들에게 쓰는 에너지만큼 신랑에게 요구하고 있는 것이다. 그건 정확히 아내로서가 아니라 자기 아이의 어미로서 바라고 기대는 것이다.

모든 걸 뚫을 수 있는 창과 모든 걸 막을 수 있는 방패는 함께 존재할 수 없다. 하지만, 이 세상 엄마들의 파라독스 세계에서는 모든 게 존재하며 가능한 일이 된다. 엄마의 사랑은 모든 것을 뚫을 수도 막을 수도 있다.

사랑하지만, 일부러 화를 낼 수 있고,
사랑하니까, 어쩔 수 없이 다른이들에게 더 잘해줄 수도 있다.

사랑하지만, 자존심 때문에 노력을 덜 할 수도 있으며,
사랑하니까, 지쳐서 무심할 수도 있다

사랑하는 관계에서의 모순을 '관계 파라독스'라고 한다.

엄마들의 관계 파라독스는 사랑하는 한 존재한다.

그러니까 엄마들 외의 사람들이
이 모순을 좀 이해해 주길 바란다.

*파라독스 : 참이라고도 거짓이라고도 말할 수 없는 모순된 관계
*알랭드 보통의 '사랑의 기초'에는 사회관계적 모순, 즉 사랑하는
부부사이에서의 모순적 모습을 이야기하고 있다.

술만 그러하랴?

말도 똑같아.

가려서 적당히
조금씩 즐길 만큼만
하는 거야.

후회 안 하고 싶으면.

말주정이 남기는 것들

오랜만에 지인을 만났다. 코로나 시국이기도 했고, 워낙 집에만 콕 들어박혀 있는 라이프스타일을 추구했던지라 정말 오랜만이었다. 사실 나는 가족 이외 13세를 초과하는 사람들과의 만남에서 낯을 많이 가린다. 적어도 초딩 아이들 앞에서는 그러지 않음에 늘 감사함을 느낄 정도다. 밥벌이를 못 할 수도 있었으니까.

나처럼 오프라인이나 온라인에서 누군가와 잔 소통을 갖지 않는 사람들은 그 소통에서 어색함을 느낀다. 뭔가를 말해야 한다는 강박이 있는 것처럼, 어느 때는 그것이 스트레스로 찾아오기도 했다. 물론 내가 다른 사람들에게 뭔가를 알려줘야 하는 연수강사로나 부장으로서 소통하는 일과는 다른 문제이다. 이건 그나마 말할거리를 준비할 수는 있다. 1시간이면 1시간, 2시간이면 2시간, 정해진 시간만큼 나는 소통할 내용뿐만 아니라 시나리오까지 적어본다. 그래서 몇몇은 나에게 말을 참 조곤조곤 잘한다고, 설명을 잘한다고까지 이야기한다.

하지만 예고없이 생기는 가벼운 만남에서는 이렇게 준비를 할 수가 없다. 어떤 주제의 대화를 할지도 가늠할 수가 없다. 대화 속에서 잠깐의 틈이 생기면, 난 그 어색함을 어떻게 해야 할지 몰라 안절부절못한다. 그럼 난 할 말들을 찾게 되고, 굳이 안 해도 될 말까지 엮어가며 말한다. 상대가 속상해할 때도, 난 또 어찌할 바를 몰라 발을 동동 구른다. 그럼 난 또 비슷하게 속상했던 내 감정을 찾아내어 꾸며서라도 이야기한다. 그게 위로라 생각하면서.

이렇게 주저리 주저리 내뱉고 나면 나는 집에 온 후, 후회와 마주한다. '그 말까지 왜 했을까?', '그냥 가만히 있지.', '그때 이 말은 할걸.'…… 내 속에서 뭔가가 사라진 느낌을 받았다. 허하고, 그래서 외로워지기도 했다.

그러고 보면, 말이랑 술이랑 참 닮은 점이 많다.
술도 먹다 보면 기분이 좋아진다. 그래서 계속 마시게 된다. 그 시끌벅적한 분위기가 좋아 계속 즐기다 보면, 내 모습이 아닌, 아니 내가 숨겨두고 있었던 모습까지도 보이게 된다. 그리고 이런 술주정은 당사자인 나도, 보고 있어야 하는 상대도 원하는 바가 아니다. 결국 후회를 낳고, 텅 빈 자신을 대해야 한다.

손에 들고 있는 맥주를 보았다.
'그래. 나, 술주정은 안 하잖아.'
항상 술은 먹을 만큼만 마셨고, 상황에 따라 마셔도 될 때와 안 마시는 게 좋을 때를 구분했다. 나의 주량과 그때의 내 상태까지 충분히 예상할 수 있기 때문에 알아서 멈출 줄 알았다. 술주정하는 인간은 되기 싫었다.

'그럼, 이제 말주정도 하지 말자.'
말도 할 만큼만 하고, 상황에 따라 할 때와 안 하는 게 좋을 때를 구분할 것이다. 내가 말을 얼마만큼 했을 때, 기분이 어떻게 되는지도 이제 알았으니까, 철저하게 통제해 보자.
난 말주정하는 인간도 정말 되기 싫다.

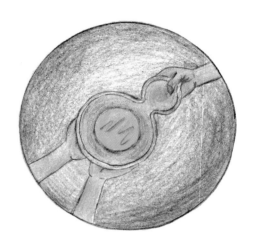

I Love You⋯⋯

이왕이면
그냥 사랑하며 살자.

내 일도,
내 사람도.

아니면, 이 인생
너무 지루할 테니까.

Part. 4
서로 사랑하기

눈치 보는 어른

그렇게 자존심이 셌던
이렇게 자존감이 강했던
내가
……
초딩 눈치를 보고 있을 줄이야.

아, 자존심 상해.

눈치 보는 어른

신랑이 말했다.

"너답지 않게 왜그리 눈치를 봐?"

내가 어이없어 물었다.

"내가? 언제? 난 어느 누구의 눈치도 안 봐. 몰라?"

"너 화정이랑 우영이 눈치보는 것 같아서. 아니야?"

"헛! 말도 안 돼. 내 손 안에 쟤들이 있는데, 내가 뭘 잘 보이려고 저 철부지들의 눈치를 보겠어?"

"뭐, 아니면 됐지. 뭘 그리 버럭하냐?"

그렇게 말하고는 여느 때와 마찬가지로 난 내 의자에 앉아 노트북을 열었다.

'눈치? 내가 눈치를 본다고? 뭔가 자신이 없고, 남에게 잘 보이려는 사람들이 눈치 같은 거 보는 거야.'

괜히 자존심이 상했다.

언짢은 기색을 숨기며, 난 '눈치'라는 단어를 쳐 보았다.

['눈치'란, "다른 사람의 기분이나 또는 어떤 주어진 상황을 때에 맞게 빨리 알아차리는 능력, 혹은 그에 대한 눈빛"이라는 뜻으로서, 다른 사람의 기분을 빨리 파악하고 대인 관계를 유지시키기 위한 수단이다. 눈치는 의사 소통에 필요한 매우 중요한 요소이기도 하다.]

눈치는 의외로 좋은 말이었다. 대인 관계를 맺거나 의사소통을 하는 데에 중요한 요소란다. 특히, '눈치'를 영어로 wits, sense라고 표현한다는 것은 좀 놀라운 사실이었다.
우리는 주변의 인싸(insider 잘 어울리는 사람)들을 보고, '위트 넘치네.' '센스있네.'라는 표현을 종종 하곤 한다. 이렇게 사용할 때는 꽤 호감가는 단어인데, 왜 눈치라는 말은 달갑지 않을까?

눈치가 의미하는 바를 두 가지로 나눈다면 다음과 같다.

첫째, 눈치는 '일의 정황이나 남의 마음 따위를 상황으로부터 미루어 알아내는 힘'을 의미한다. 이때 우리는 '눈치를 채다', '눈치가 있다' 또는 '없다'라고 표현한다.
사회생활을 잘하는 사람들은 다양한 상황과 상대방의 마음 등을 알아채서, 합리적으로 반응한다. 그리고 이런 사람들은 센스가 있다는 말을 수시로 듣는다. 사장님이 원하는 프로젝트를 알아서 맡아 추진하거나, 협력회사의 눈치를 보며 원하는 계약을 따내는 등 눈치가 빨라 성공하는 사람들이 군데군데 있다. 반대로 상황이나 상대방 마음을 살피지 않고 행동하는 사람들은 눈치도 없고 센스도 없다는 핀잔을 받게 된다. 부모님께서 "어버이날 굳이 안 와도 돼. 너희들 살기 바쁜데, 다음에 보면 되지." 라고 말씀하셨는데, "알겠어요. 그럴게요."라고 말해 서운함을 안겨드리는 우리 신랑은 참 눈치가 없는 사람일 것이다.

내가 생각하기에 나는 눈치를 꽤 잘 채는 사람인 것 같다. 간혹 너무 지나쳐서 내 마음과 행동이 불편할 때가 있을 정도이다. 음, 우리 신랑은 후자에 속한다. 너무 센스가 없다. 동거자인 나의 마음 따위를 전혀 살피지 않고, 눈에 보이고, 실제로 들리는 것만 믿고 따른다.

둘째, 눈치는 '생각하는 바가 드러나는 어떤 태도'를 의미한다. 내가 상대방에게 기대하는 바를 간접적으로, 소심하게 표현하는 것이다. 이럴 때에 '눈치를 주다.'라고 이야기할 수 있으며, 상대방 입장에서는 눈치를 보는 것이 될 것이다. 몸이 피곤할 때, 신랑의 안마가 필요했다. 그럴 때, 신랑 옆에서 '아, 목이 아프네. 에고 허리야.'라고 말하며 허리와 목을 두드리는 행동은 신랑에게 "빨리 나에게로 와서 어깨를 주물러."라는 눈치를 주는 행동일 것이다. 물론 곰탱이 우리 신랑은 내 눈치를 전혀 알아채지 못하지만.

그럼, 이상하다. 신랑은 분명 나에게 '내가 아이들의 눈치를 본다.'라고 했다. 하지만 나의 거의 모든 행동은 아이들에게 눈치를 주는 일이었다. 정리정돈 하기를 바라는 마음에서 아이들 방으로 들어

가지 않거나, 책을 읽길 바라는 마음에서 굳이 곁에 앉아 재미있는 척 책을 꺼내 보았고, 운동을 하길 바라서 거실에서 신랑과 패드민턴을 치며 신나했었다. 이렇듯 내가 아이들과 지내는 모든 일과는 눈치를 주는 일에서 시작하여 눈치를 채지 못한 아이들에게 서운해하는 일로 마감한다.

그런데 왜 신랑은 내가 눈치를 보는 것 같다고 말했을까? 아이들이 나에게 눈치를 주고 있나? 그건 아닐 것이다. 그렇게 생각이 깊거나 많은 아이들이 아니다. 그렇다면 눈치를 주지도 않는 아이들에게 내가 굳이 눈치를 받고 있다는 거야?

눈치는 관계를 잘 맺기 위해 필요한 요소이다. 나는 '바람직한 모자 관계'에 대한 열망이 매우 크다. 물론 내 아들들도 나와의 관계가 좋기를 바랄 것이다. 하지만 그것을 바라는 정도에 있어서 내가 그들보다 훨씬 강한 것은 분명하다. 남녀관계에서도 더 좋아하는 사람이 을이 된다. 사랑하는 관계에서도 을이 된 자는 갑의 눈치를 볼 수밖에 없는 것이다.

결론을 말하면, 우리 아이가 나를 사랑하는 것 보다 내가 그들을 훨씬 더 사랑한다. 내가 우리들의 관계를 걱정하는 마음이 그들이 걱정하는 마음보다 훨씬 더 강하다. 그렇기 때문에 우리 관계에서 나는 을이 되었고, 그들이 갑이 될 수밖에 없다. 아이들이 상처를 받는지, 내가 권한 일을 싫어하지는 않는지, 무엇에 관심 있고 즐거워하는지, 잘 크고 있는지, 키만큼 마음도 자라고 있는지 등 늘 안 보는 척 보고 있게 된다.

정말 자존심 상하게도, 다시 태어나지 않는 이상, 나는 그들의 눈
치를 볼 수밖에 없는 것이다. 아무도 눈치를 주지 않는데도 눈치를
보고 있는, 아주 터무니없고 모순되는 상황이긴 하지만, 이제 인정
해야겠다.

난 눈치보는 엄마라는 걸.

예쁜 내 아이……
그러니까
그만 혼내고
칭찬 좀 해!
지는 뭐 얼마나 잘했다고?

미우나 고우나 떡 하나 더!

교사로서 많은 아이들과 그들의 학부모를 만나 보았다. '나도 저맘 때 저런 생각을 해본 적이 있나?' 라고 생각들 정도로 요즘의 아이들은 부모에 대해 적대감을 느끼고 있거나 부모의 행동을 분석하려고 한다.

"부모님은 저를 별로 사랑하지 않는 것 같아요. 매일 혼내거든요."
"그렇게 하기 싫다고 해도 무조건 시켜요."
"놀아주지는 않고 공부만 시켜요. 안 하면 큰일 나요. 때리냐구요? 뭐, 매로 때리진 않아도 말로는 엄청 때려요."
"제 의견을 말하지도 못하겠어요. 화를 내서. 무섭진 않지만 그냥 반박하기 귀찮아서 가만히 있어요."

갈수록 합리적으로 생각하려는 이 아이들과 이율배반적 행동을 일삼는 부모들이 보이지 않는 전쟁을 하며 한 공간에서 살아가고 있다. 난 그 사이에 서서, 아이들에게는 "정말? 많이 힘들겠네. 혼내지 않아도 넌 잘 할 수 있는데. 그치? 참 서운하겠다." 라며 공감해주는 척 가식 떠는 선생님이자, 집에 가서는 '너희를 사랑해서 그런 거야. 엄마가 뭐 화내고 싶어서 그러겠어? 다 너희들 잘 되라고 그런거지.'라며 내 아이에게는 비합리적인 행동을 내보이는 애매한 부모이기도 했다.

'미운 놈 떡 하나 더 준다.'

이 속담은 미울 수록 매 대신 떡을 준다는 말이다. 미운 사람일수록 잘해주고 생각하는 체라도 하여 감정을 쌓지 않아야 한다는 뜻이다.
사실 학교 안이나 밖에서 '문제를 만드는 아이들'에게는 꼭 필요한 이야기다. 실제로 몇몇 아이들이 칭찬과 격려, 위로 등으로 많이 변화한 예를 보기도 했고 직접 경험도 하였다. 그들의 문제적인 행동에는 늘 이유가 있었다. 그래서 그들에게 퉁명스럽게 대하기보다는 칭찬이든 위로든 마음을 어루만져 주었을 때, 그들의 눈빛이 달라짐을 느낄 수 있다. 결국 그 아이에 대한 부담감과 두려움 등이 사라졌고, 어느새 그 아이는 내 편이 되어 있었다.

그래서 뜬금없긴 하지만 이 속담에 대해 참, 거짓을 논의해 보고 싶었다.
귀납적 추론을 하자면,
1. A가 미웠다. 떡을 더 주니 그 아이는 변했고, 난 그 아이가 좋아

졌다.

2. B가 두려웠다. 떡을 더 주니 그 아이의 마음을 알게 되었고, 결국 편해졌다.

3. C가 걱정되었다. 떡을 더 주니 그 아이는 스스로 방법을 찾아 나갔고, 난 그 아이를 응원하게 되었다.

결론: 믿거나 두렵고, 걱정이 되는 아이들에게는 떡을 더 주어야 한다.

즉, 이 속담은 옳은 명제라는 것이다.

자, 그럼 다시 생각해보자.

이 속담을 참인 명제로 간주했을 때 대우명제도 분명 참일 것이다. (대우명제 : 'A는 B다'라는 명제에 대하여 'B가 아니면 A가 아니다' 라고 하는 모양의 명제를 말함. A→B (O) , ~B→~A (O))

*명제

미운 놈에게는 떡을 더 준다. (O)

* 대우 명제

떡을 더 주지 않으면 믿지 않다는 것이다. (O)

결론 : 내가 아이에게 칭찬을 더 해 주지 않는 것은 그 아이가 믿지 않기 때문이다.

아주 억지스럽고 사실상 따지고 보면 오류가 있는 결론이지만, 나를 포함한 몇몇의 부모들은 내 아이가 좋은 만큼 칭찬을 아끼는 거라고 한다. 사랑하기 때문에 아이를 혼낸다고 말한다.

'사랑하니까, 더 잘 자랄 수 있도록 잘못된 걸 얼른 고쳐줘야지.'
'사랑하니까, 칭찬을 아끼는 거야. 자만해서 발전이 없을까봐.'
'미웠다면 그냥 무관심했겠지.'
'미웠다면 내가 왜 힘들게 화를 내겠어?'

아이와 대화해 보았다.
"엄마, 헷갈려."
"뭐가?"
"엄마가 날 사랑하고 예뻐하는 건 알겠는데, 혼낼 때는 날 싫어하는 것 같아."
"어? 엄마가? 엄마는 널 얼마나 사랑하는데. 싫어한 적 한 번도 없어."
"그럼, 그렇게 왜 혼내?"
"다 널 위해서 그런거지. 잘못된 점을 고쳐주는게 엄마, 아빠가 할 일이잖아."
"잘못된 점을 고치려면 꼭 혼내야 하는 거야?"
"그런 건 아니지만 혼내지 않으면 네가 말을 안 들으니까."
"그래도 사랑한다면 혼내지 마. 너무 무섭잖아. 엄마는 똑똑하니까 다른 방법을 찾을 수 있을 거야."
"그래…… 엄마가 다른 방법을 찾아볼게."

아이들이 학교에서 다투면, 난 이렇게 훈계한다.
"상대방 입장에서 기분이 어땠을 것 같아? 넌 장난이었다고 하지만 이 친구는 장난으로 받아들여지지 않는대. 그럼 그건 장난이 아닌 거야. 늘 상대방 입장에서도 생각해보렴."

그래 맞다. 상대방 입장에서 장난인지, 폭력인지 구분해야 하는 것처럼, 사랑도 마찬가지다. 내 위주로 나는 나의 훈계를 사랑이라고 표현했었다. 받는 아이 입장에서 그게 사랑이 아니었고, 상처고 공포였다면 그것을 어찌 사랑이라고 말할 수 있을까?

험한 말로 혼내고, 다그치는 그런 부모들을 위해 감히 나는 새로운 속담을 제안해 보려고 한다.
'미운 놈 떡 하나 더 준다.'가 아니라,
'미우나 고우나 떡 하나 더 준다.'라고.

꽃으로도 아이를 때리지 말라고 했다. 하지만 그동안 흘겨보는 눈으로, 험한 입으로, 무식한 손으로 아이를 때리고 말았다.
얼마나 사랑스러운 내 아이들인가? 아이가 원하는 떡 원 없이 줘 보자. 그러면 나의 사랑을 느끼겠지. 그러고 나면 언젠가 달라지겠지.

사장님! 왜 얘가 이쪽으로 자라지요? 이상하네.

손님이 그렇게 키운 거예요.

제가요? 언제요?

저는 분명 똑같은 씨앗을 드렸어요.

키우는 건 당신들 몫.

잘 키울지, 못 키울지, 어떻게 키울지는

당신들 하기에 달려있어요.

뭐, 얘가 아직 스스로 뭘 할 수 있는 나이가 아니에요.

당신이 키우는 대로 자랄 뿐.

그러니 괜히 이 아이 탓하지 마쇼.

키운 대로 자란다

산후 조리원에서 베드 위에 누워 있는 아기들을 보면 참 비슷하다. 울고, 웃고, 먹고, 싸고, 자고…… 생긴 것도 비슷하고, 하는 행동도 모두 같다.

점점 이 아기들은 부모의 손 안에서 성장하며 자신의 색을 가지게 된다. 그리고 참 신기하게도 아이들은 부모의 육아관, 키우는 태도, 교육 우선순위 등에 따라 다르게 성장한다. 당연한 거겠지만, 많은 부모들은 이런 사실에 깊이 겁을 내야 할 것이다. 우리가 키운 대로 아이들이 자라는 거라면, 엄청난 책임감이 따르는 문제일 수 있다.

식습관을 일례로 보자. 어릴 때부터 안 먹어 본 음식은 자라면서 좋아하기 힘들다. 초등학교 급식시간에 보면 채소 등에는 손을 대지 않는 아이들이 있다. 그 아이들의 가정식을 살펴보면 너겟, 돈까스, 김 등 죄다 구워 먹는 것들로만 이루어져 있다. 한 아이가 늘 국을 그대로 남기길래, 물어보았다. 왜 안 먹냐고. 못 먹겠느냐고. 아이가 말하길, 집에서는 부모님께서 국을 끓이지 않는다고 말했다. 그래서 먹었을 때의 그 느낌이 이상하다고 말했다. 해산물을 싫어하는 부모가 요리를 한다고 해보자. 음식을 만들 때 당연히 해산물을 넣지 않을 수 있다. 버섯을 좋아하지 않는 부모가 반찬 메뉴를 결정할 때 버섯은 당연히 제외될 수 있다. 문제는, 그렇게 자란 아이들이 집이 아닌 곳에서, 결국 그 음식을 만나게 된다는 것이다. 먹성이 좋은 아이들은 새로운 음식에도 거부감이 없겠지만, 그렇지 못한 아이들은 평생 찡그린 눈으로 그 음식을 대할 것이다.

공부 습관도 마찬가지이다. 한 부모는 세계화 시대에 맞게 영어가 필수라고 생각한다. 그래서 영어유치원, 영어 홈스쿨 등으로 어릴 때부터 영어를 접하게 했다. 그런데 나같이 영어교육에 무지한 부모는 '영어? 중요하지. 그런데 어릴 때부터 영어, 한국어 다할 시간이 어디 있어? 놀아야 하는데. 우선순위를 정한다면, 한국어지. 영어는 나중에 필요할 때 공부해도 될걸. 우릴 봐. 우리는 중학생 되어서야 알파벳 외웠잖아. 그래도 원어민이랑 잘만 얘기한다고.'라는 생각으로 초등학교 2학년으로 올라갈 때 돼서야 교육을 시작한다. 그것도 아주 조금씩 말이다. 큰 아이 영어공부를 내가 봐주고 있었다. 원어민과의 소통이 좀 필요할 것 같아서 화상영어를 알아보았다. 그때 곁에 있던 한 선생님이 "웬만하면 미국인이나 영국인 선생님으로 하지?"라며 조언을 해 주셨다. '아, 그렇구나.' 싶어서 선생님을 알아보았다. 그런데, 그 값이 곱절이나 되었다. 결국은 난 다정다감하신 필리핀 선생님을 선택했고, 지금까지(2년이 넘었다.) 꾸준히, 즐겁게 하고 있다. 영어 공부에 우선순위를 두는 부모에게는 이렇게 아이의 영어 발음조차 중요했다. 반면에 나는 영어보다는 수학공부에 좀 더 우선순위를 두는 것 같다. 수학을 좋아했던 엄마니까 당연한 일이었다. "하루에 한 문제라도, 그게 1시간이 걸리더라도 풀어보자!"하는 게 나의 교육 방법이다. 결국 영어를 더 일찍, 그리고 더 자주 접했던 아이는 당연히 영어를 잘할 것이고, 그게 아닌 우리 아이 같은 경우는 저질 영어 발음을 하는 수학쟁이가 될 수밖에 없다.

나는 어렸을 때부터 조용했다고 한다. 엄마 말씀으로는 "밖에 좀 나가 놀아라."해도 난 엄마 옆에 붙어서 조잘조잘 댔다고 했다. 겁도 많아 어디 멀리 혼자 가질 못했다. 한 번씩 신랑이랑 옛이야기를 나누다 보면 난 기겁을 한다. 혼자 산을 넘고, 도랑에 가서 물고기도 잡고, 자유분방하게 온 동네를 누비고 다녔다는 신랑의 이야기에 부럽기도 하면서, '어차피 돌아가도 난 못 할 거야.'라는 마음으로 위안을 삼기도 했다. 난 그런 경험이 없기에, 그런 성격도 못되기에, 아직도 못하는 것이다. 물가에 가서도 물놀이는커녕 앉아 있기만 하고, 스키장에 가도 나를 제외한 세 명의 남자들만 즐긴다. 물론, 내가 못 즐긴다는 게 아니다. 나는 커피를 마시며 가만히 앉아서 그들을 바라보는 일, 그것이 내가 정말로 즐기는 일이니까. 하지만 난 늘 이런 생각은 한다. 나중에 내 아이들이 컸을 때, 나처럼 못 노는 어른은 되지 않기를. 그래서 나는 다양하게 놀아주는 신랑이 고마웠고, 엄마와 다르게 이것저것 모험을 즐기는 아이들을 보며 다행이다 싶었다.

나는 부모가 아이의 타고난 성향까지 어느 정도 바꿀 수 있다고 주장한다. 부모의 행동은 아이의 기질뿐만 아니라 잘하고 못하는 것까지도 영향을 미친다. 나는 내 아이들을 키우며 이걸 증명했다. 첫째 아이랑 둘째 아이는 태어날 때부터 달랐다. 첫째 아이는 잘 잤고, 잘 웃었고, 잘 먹고, 말도 잘 들었다. '어쩜 이렇게 예쁠 수 있지?'라는 생각에 나는 둘째를 일찍 계획했었다. 그런데, 둘째가 태어난 순간 나의 그 거창한 기대는 무너져 버렸다. 울기만 하고, 잠도 자지 않았다. 목소리도 커서 밤마다 우는 아이의 입을 막기도 했다. 너무 화가 났다. 아이를 보며 '너는 어디에서 왔니?'라고 울부짖었다. 짜증과 미움으로 더는 이래서는 안되겠다고 생각했다. 첫째를 어린이집에 보내놓고, 나는 둘째를 안고 밖으로 나갔다. 걷다 보니 길가에 큰 절이 있었다. 불교도, 기독교도 믿지 않았지만 휴직중인 나로서는 갈 곳도, 만나 줄 사람도 없었기에 그곳에 들어갔다. 널찍한 법당에는 아무도 없었다. 어두웠고, 고유의 향내가 풍겼으며, 불상들이 혼내듯이 우리를 째려보고 있었다. 아기띠를 풀자, 아이는 이리 기고, 저리 기고 신이 난 듯 보였다. 나는 자리에 주저앉아 명상을 했다. 그냥 조용히 생각을 했다. 아이에게 주저리주저리 떠들지도 않고, '뭘 해야지'라는 계획도 없이. 정말 신기한 건 그리 잘 울던 아이가 그곳에서 한참 동안 조용히 있었다는 것이다. 나를 보채지도 않고, 칭얼대지도 않았다. 오래도록 날 기다려 주는 것 같았다. 그런 아이모습을 보고, 난 문득 이런 생각을 하게 되었다.

'아, 나 때문일지도.'

나는 그때 이후로, 아이가 너무 예뻤다. 나도 모르게 비교했던 마음이 혹시나 전해졌을까 미안하기도 했다. 아이가 나의 그 마음을 느꼈는지, 우는 횟수는 확연히 줄었고, 잘 웃어주었다. 지금도 내 곁에서 늘 예쁘게 애교떨며 웃어주는 아이는 나의 둘째 아이, 우영이다.

결론을 말하자면, 모든 게 다 부모하기 나름이라는 것이다. 우리가 키우는 대로 아이는 자라게 된다. 초기에 방향을 제대로 잡아주지 못하면, 나중에 바로잡기가 훨씬 힘들어진다. 그러니 우리는 더욱 책임감을 가지고 키워야 되는 것이다.

나중에 다 자란 아이에게……

'부모 탓'이라는 말보다,

적어도 '부모 덕'이라는 말을 들어야 하지 않을까?

행복 재능

지금 행복하나요?
그럼 당신은
늘 행복할 거예요.
당신에겐
행복을 느낄 수 있는 재능이 있는 거죠.
행복하든, 안 하든 말이에요.
난,
당신의 그 재능이 정말 부러워요.

행복 재능 교육

작은 꽃잎에도, 일렁이는 잔물결에도, 파아란 맑은 하늘에도 웃을
수 있는 사람들이 있다. 그냥 출근길에서나, 아이들의 이야기를 들
을 때, 일하다 잠깐 쉴 때 등 하루의 일과 속에서 가볍게, 자주 행
복을 느끼는 사람들도 있다. 이들은 행복 재능을 가졌기 때문이다.
아이들에게 똑같은 수학 수업을 제공하고, 같은 수학 교재를 풀게
했을 때, 그 성취 결과는 다를 수 있다. 그것은 아이들의 수학 재능
이 달라서일 것이다. 마찬가지로, 똑같은 조건과 상황에서도 행복
을 느끼는 사람과, 전혀 느끼지 못하거나 오히려 불행하다고 느끼
는 사람이 있다. 이것은 행복도 재능 중 하나라는 것을 알려준다.
행복 재능은 IQ보다도 우리의 삶을 더 윤택하게 해 줄 수 있다. 한
정된 시간과 공간에서 '나 지금 행복해.'를 느끼는 것은 머리가 좋
은 것과는 별 상관관계가 없을 것이다. 그렇다면, 행복 재능은 '긍
정적으로 볼 수 있는 성숙함' 정도로 해석하면 될까?
갑자기 행복 재능을 어떻게 하면 더 가질 수 있고, 잘 가르쳐줄 수
있는지가 궁금해졌다. 예전에 읽다가 만 책이 떠오른다. 프랑스 극

작가 야스미나 레자의 '행복해서 행복한 사람들'이다. 제목이 와닿아서 읽게 되었는데, 상상했던 것 이상으로 내용은 복잡했다. 스토리가 어둡기도 했고, 주인공들의 행동에 열받아서 결국은 덮어버렸던 책이다. 내 눈에는 행복해 보이지 않는 주인공들이 웃으며 행복한 척 말하고 있어서 더 기분이 나빴다. 그들은 행복해야 하니까 그 불편한 관계들을 이어간다. 슬픈 상황들을 좋게 해석하여 자신의 행복을 이해시키려는 사람들. 이 사람들 모두 정말 행복해서 행복을 느끼고 있는 게 아니었다. 그들이 행복 재능을 가진 걸까? 나는 아니라고 생각한다. 그 책의 주인공들은 그저 행복한 척만 하는 가식적인 사람들이었다. 사랑받지 못한 서운함과 배신감을 일부러 쿨하게 웃으며 아무렇지 않은 듯 보이려 했다. 그 공허와 외로움이 책 밖의 나에게까지 고스란히 전해진 것도 모르고.

행복 재능을 가진 사람은 그렇지 않다. 뼛속 깊이 긍정으로 가득 차 있다. 주변의 위태로움도 도전할 만한 장애물거리로, 마주한 슬픔도 새로운 기회로 바꾸는 마법을 부린다.

그 책에는 한 아르헨티나 작가의 말이 이렇게 인용되어 있다.
"사랑받는 이들과 사랑하는 이들, 사랑 없이 살 수 있는 이들은 행복하다. 행복한 사람들은 행복하다. -호세 루이스 보르헤스-"
나는 보르헤스의 말에서 '행복 재능'을 키울 수 있는 방법을 찾을 수 있었다.

* 행복 재능을 키우는 방법

첫째, 우선 누군가를 사랑하기.

둘째, 그리고 누군가에게 사랑받기.

> (사랑해 주는 사람이 아무도 없다고? 그럼 자신이 사랑해 주면 된다. 그리고, 이건 비밀인데, 꼭 사람한테서 사랑받을 생각을 하지 말자. 우리 집 앞의 나무, 산, 화단의 꽃, 당신의 업무 책상들까지도 당신을 사랑하고 있을지 모른다.)

셋째, 사랑 포기하기.

> (사랑 없이도 잘 살 수 있다. 언젠가는 사랑이 올 수 있다고 그냥 쿨하게 기다리면서 자신의 삶을 살아나가면 된다.)

넷째, 높은 곳에 오르기. 그리고 위에서 내려다보기.

> (나 아래에 얼마나 많은 것들이 있는지 생각하면서.)

다섯째, '난 행복해'라고 생각하기.

그럼, 당신은 행복한 사람이 되는 것이다.

그래, 맞다.

수학 문제 더 풀고 영어 단어 하나 더 외우게 할 것이 아니라,

사랑을 주는 방법, 사랑을 받는 방법,

아니면, 사랑을 아예 안 하는 방법을

먼저 가르쳐야 한다.

그렇게 행복재능을 키워야 하고,

그래야, 모든 일에 행복으로 다가설 수 있다.

아들~
그건 안돼!
거긴 위험해.
너희는 아직 어려서 말이야.
엄마가 시키는 것만 하렴.

이것도 엄마의 사랑

누군가가 이 그림을 보고,
"그림이 너무 가학적인 것 아냐?"라고 말했다.
다 그리고 보니, 그런 것 같기도 하다.
직업상 학교에서 많은 아이들을 만나게 되는데, 상처가 있는 아이들 대부분은 부모의 사랑을 너무 과하게 받거나, 아니면 받지 못해서였다.
아기를 갖고 낳아 기르기 전에는 학부모를 만날 때,
'왜 저러실까?' 하는 마음에 답답함을 느끼기도 했다.

"안 먹는다고 떼써? 으이. 그냥 놔둬야 돼. 굶어봐야 음식 귀한 줄도 아는 거야."
"공부 시키기 전에 동기를 부여해야지 저렇게 억지로 시키면 아이들이 스스로 하겠어? 아이들은 동기만 만들어주면 뭐든 잘 한다고!"
"스스로 부딪혀 봐야 앞으로 사회에 나가서도 문제를 해결하지.

마마보이 만들래?"
이렇게 생각하던 나였다.

그런데, 실제로 내 아이를 키워보니,
그게 내 마음처럼 되는 게 아니었다.
내 마음같이 되는 건 하나도 없었다.

'한참 클 나이인데 조금만 먹어서 키가 안 크면 어떡해!'
'즐겁게 공부하는 아이가 몇이나 되겠냐? 해야 하니까 하는 거지.
그 할 일을 정해주는 게 부모 일이고.'
'요즘 세상이 뭐, 예전과 같나? 얼마나 위험천만한데. 그러다 애 잘
못되면?'
이렇게 나는……
스스로를 합리화해가면서 우리 아이들을 놓지 못하고 있다.

자는 아이 얼굴을 보며 말한다.

이게 엄마의 사랑이라고……
그러니 너희들은 기뻐하며 나를 따르라고……
살고 보니……
그게 제일 편한 거더라고……

아이의 독립성, 자기주도 문제해결력, 창의력……
에고, 그런 거 다 모르겠고,
딱 10년, 아니 15년? 이렇게 엄마 품에서 지내자.
왜냐면……
세상은 정말 위험하고,
엄만
너희가 힘든 게 최고로 싫으니까.

내가 당신과 결혼했는지
애들이랑 결혼했는지
이젠 헷갈려요.

미안하지만
좀 기다려 줄래요?

당신은 나중에.

당신은 나중에 잘해줄게

결혼을 하고 난 후, 그렇게도 없으면 안 될 것 같았던 신랑이 찬밥 신세가 되었다. 물론 내가 찬밥을 주는 것은 아니다. 나는 최선을 다해 충분히 잘 해주고 있다고 생각한다.

신랑 본인이 늘 순위에는 자기가 없다며 삐쳐 있을 뿐이다. 사실 그 말이 진실이라 아직도 반박하거나 달래주지 못하고 있다.

결혼과 출산을 겪으면서 우선순위가 바뀌어 버렸다. 적어도 엄마가 되면, 그 예쁜 산출물들이 1위를 바로 탈환해 버린다. 신랑 입장에서는 굴러 들어온 돌이 박힌 돌을 빼낸 격이다.

정말로 슬픈 일이지만, 자신의 부모조차 2순위 이상으로 밀리고 만다. 자식 키워봤자 소용없다는 거 이렇게 실감하고 있는데도, 아직도 난 아이에게 목숨을 걸게 된다.

뭐, 변명을 좀 해보자면······

'아직 어리잖아.'

'다 커서 제 앞가림할 때까지는 어쩔 수 없지.'

'그래, 아이가 아직 어리니까. 챙겨줘야 할게 많으니까.'
'지금 용 써서 잘 키우지 않으면, 나중에 내 황금 같은 노후는 없는 거야.'

암튼 이런 이유에서 지금은 내 1순위가 아이들이다.

맨날 신랑은 이런다.
'애들 버릇 나빠진다.'
'걔들이 그런다고 알아줄 줄 아니?'
'결국 남는 건 나다. 명심해!'

가만 생각해 보면 옳은 말이다. 아이들은 모른다. 이렇게 애쓰고 있는 엄마에게,
"엄마는 아빠처럼 놀아주지도 않고."
"우리 집에서 제일 무서운 사람이 엄마야."
"나는 원래 똑똑하고 잘하는 거야."
라는 말이나 지껄인다. 정말 어이없고 서럽지만 어쩔 수 없는 일이기도 하다.

난 신랑에게 보험들 듯 말했다.
"여보, 나중에 잘해 줄게. 10년만 좀……"
"웃겨. 내가 지금처럼 그때도 좋아해 줄줄 아냐? 착각이 심해."
에구, 단단히 토라져 있다.

갑자기 겁이 난다.

나중에 애들 모두 자기 살길 찾아갔을 때

그때 내 곁에 아무도 없을까 봐.

신랑이 나랑 안 놀아 줄까 봐.

아, 안되겠다.

당분간 호칭이라도 바꿔야겠다. 좀 더 애틋한 걸로.

실실 눈웃음도 치면서.

이런 내 교모한 술수를 이 둔한 남자는 결코 알아채지는 못할 것

이다.

그거 하면 아마 스트레스는 받겠지요.
그런데요……
뭘 잘 못 하면 더 스트레스 받아요.

그러니
그냥
해야겠어요.

불안 심리학

큰 아이가 4학년이 되었을 때였다. 학습적으로 뭔가를 배워나가야 할 나이라 생각했다. 집에서 수학 2바닥, 국어 2바닥, 일기 쓰기, 10분 영어 리딩이 고작이었고, 피아노는 사교육의 힘을 빌리고 있었다. 마음 같아서는 한자, 영어 문법, 코딩 등등 벌써 시작하고도 남았다. 하지만 '내 마음대로, 억지로는 시키지 않으리.'라고 다짐에 다짐을 했던 터라 몸 속 사리를 쌓아가며 기다리고 있었다.

어느 날 자려고 누웠는데, 아이가 날 불렀다.

아이가 이렇게 말했다.

"엄마, 내가 뭘 해야 한다고 생각해요?"

"응? 그게 무슨 말이야? "

"친구들은 학원을 네, 다섯 군데는 기본으로 간다는데. 난 너무 안하나 싶어서."

"넌 뭘 해야 한다고 생각하는데? 뭐, 하고 싶은 거라도 있어?"

"사실…… 아직 그걸 잘 몰라서요. 근데 뭘 안 하고 있으려니 좀 그래서요."

"너 불안하니?"

"네. 그런 것 같아요. 강제로라도 좋으니 필요하다고 생각하는 거 좀 시켜주세요."

"너 스트레스 받을까 봐 안 한 건데?"

"안 하고 있는 것도 어차피 스트레스에요. 나중에 못 하는 것은 더 스트레스고요."

"아…… 그래? 알겠어. 엄마가 생각해 보고 말해줄게."

아이가 불안해했다는 게 너무 신기했다. 미안한 마음도 들었고, 내가 그동안 기다렸던 반응이어서 그런지 조금은 기뻤다. '뭘 해야할까?'라고 생각하며 내가 더 설레기도 했다.

부모들과 선생님들은 이런 아이들의 불안 심리를 노려야 한다. 물론 모든 아이들이 그렇진 않겠지만, 사람들은 본능적으로 누구보다 뒤처질까 봐 무서워한다. 뭔가를 잘하지 못해서 힘들게 될까 봐 걱정한다. 그래서 굳이 엄마나 선생님이 먼저 나서서 시킬 필요는 없는 것 같다. 필요로 하지 않고, 원하지 않는 때에 누군가로 인해 억지스럽게 하다 보면, 도리어 싫어하게 되는 경우가 있다. 영어 선생님 아이가 영어만 보면 기겁을 하는 중딩으로 자란 사례도 본 적이 있다. 논술선생님 아이가 한 문장의 글도 적기 싫어할 수 있다는 것을 생각해야 한다.

우리 아이에게 필요한 것들은 고민해 보되, 그런 게 있다는 정도로만 안내해 줘야 한다. 이것을 배워서 하게 되면 어떤 점이 좋고, 잘 못하게 되면 어떤 점이 불편할 수 있는지도, 왜 필요한지도 처음엔 안내만 해준다. 그런 후에 아이가 직접 선택하게 하고, 나처럼 도를 닦으면서 기다려보기도 해야 한다. 정보만 잘 제공해주면 아이 본인은 스스로 생각하여 결정하게 된다. 그리고 그에 대한 책임을 지게 해야 엄마 탓, 선생님 탓을 하지 못한다.

결국, 큰 아이는 영어문법과 단어 5개씩 외우기, 나의 예시목록에 없었던 중국어를 시작하게 되었다.

나의 기다림이, 아이의 불안함이, 가져다준 선물이었다.
완전 나의 승리다.

그냥……
무조건……
하란다.
어떻게 하는 건지
왜 해야 하는지도 알려주지 않고
그냥 하라고……
왜 잘 안 하냐고 하는 어른들……

우리 아이들은 참 당황스럽겠다.

나쁜 어른들

의외로 아이들은 학교에서 부모 이야기를 많이 한다. 좋게 말해서 이야기지, 사실 부모 험담이다. 마음먹고 조금 들어줄라치면 아이들 입에선 억울한 이야기가 줄줄 흘러나온다. 초등생 아이를 키우고 있는 나로서는 이런 상황이 그리 달갑지만은 않다. 항상 조심스럽고, 담임선생님과의 상담 시에는 나 또한 늘 긴장 상태이다.
'우리 애들도 학교에 가서 저렇게 다 얘기할까? 나의 악랄함을 온 세상에 읊고 있는 건 아니겠지?'

내가 아이들 입장에 서서 굳이 대변해 보자면,
현실 부모는 그리 따뜻한 존재가 아니라는 것이다. 아이들은 품어주고, 이해해 주고, 도와주고, 이끌어주기보다는 혼내고, 닦달하고, 소리치고, 무섭기만 한 부모와 살고 있었다.

아이들의 폭발 소리를 잠깐, 아주 소심히 옮겨 보겠다.

"자기들은 맨날 폰 보면서 우리는 보면 안 된대요."

"독후감 어떻게 쓰는지 모른다고 좀 가르쳐 달라고 했는데요. 가르쳐주기는커녕 소리만 쳤어요. 그것도 왜 모르냐고요. 선생님이 안 가르쳐 줬냐고 화내시던데요."

"저 수학 못한다고 매일 잔소리 하시면서요. 저희 엄마는 답지 없으면 채점도 못 해요."

"이제 신경 안 쓴다고 말씀하시고는 다른 학원을 또 가래요. 잘하면 끊게 해준다고."

"저 공부 때문에 티비를 없앴거든요. 근데, 엄마, 아빠는 안방에서 넷플릭스로 하루 종일 드라마만 봐요. 너무 화나서 같이 책 읽자 했더니 그런 마음가짐이면 그냥 공부 하지 말래요."

나는 너무 부끄러웠다. '나도 그런 적이 있었나?'라며 몇 년 전까지의 일들을 곱씹어 보기도 했다.

어른이고, 아이들이고 누구나 이해되지 않는 일들을 억지로 하게 된다면 없던 화도 생기는 법이다. 어른들이야 뭐 본인이 하고자 해서 억지로든 아니든 하게 되지만, 우리 아이들은 분명 선생님이나 부모가 시켜서 뭔가를 하게 된다.

그럴 때 이 아이들을 덜 억울하게 하기 위해서는 잘 설명해 주어야 한다. 왜 하는 것인지, (가능하다면) 어떻게 하는 것인지 등을 말이다. 정말 좋은 방법은 함께 하는 것이다. 함께 글을 적거나, 함께 문제를 풀어보거나, 함께 책을 읽거나, 함께 그림을 그리거나……

당황하는 아이들과 무모한 부모가 되지 않기 위해서는 '배려있는 대화'와 '역지사지의 마음', '함께 할 수 있는 희생'이 필요하다.

A: 지금 뭐하고 있어요?

B: 저요?

　보면 몰라요?

　도 닦고 있죠. 우리 아이들을 위해서요.

A: 그게 왜 아이들을 위한 거죠?

B: 아이들을 마주 하기 전에 이렇게 잡고 있는 끈을 놓는 작
　업이 필요해요.

　그리고 이 작업이 끝나면, 제 속에 사리가 하나씩 생기죠.

　걱정 마세요. 모두 그들 좋으라고 하는 거니까.

1일 1도닦기

딱 7년 전, 처음으로 맡게 된 1학년은 그야말로 나에게 전쟁이었다. 장애가 있는 아동이 한 반에 3명이나 있었고, 쉬는 시간마다 몸으로 꼭 싸워야 하는 아이가 2명, 11살이 되어 늦게 입학한 한글도 아직 못 뗀 복학생 같은 아이도 1명 있었다.

3월달 응급실에서 링거 맞은 것도 3번, 목에 무리가 가서 이비인후과도 내 집처럼 들락거렸다.
도무지 이 가지각색인 아이들 속에서 살아남을 방법을 찾을 수가 없었다. 미치고 팔짝 뛸 노릇이었다. 그동안 연구했던 토의토론이나 연극수업, NIE수업이 통할 리 없었다.

3월이 다갈 때 쯤 어느 날, 퇴근해서 펑펑 울었던 그 다음 날이었다. 한 아이가 화장실에 가고 싶다고 말하지 못해 교실에서 응가를 했고, 그 아이를 학교 사택 화장실로 데리고 가서 샤워를 시키고 돌아왔는데, 두둥! 우리 반은 난리가 났다. 두 놈이 한바탕 소동을 일으킨 거였다. 눈물이 났다. 나의 수많은 노력이 인어공주처럼 처량하게 물거품이 되어 날아가고 있었다.

그날부터였던 것 같다.

매일매일 아침활동 5분간 눈을 감고 명상하는 시간을 가졌다. 처음에는 내가 살기 위해 했었다. 그저 아이들 앞에서 눈물을 훔칠 수 없었기 때문이었고, 내 화를 진정시키고, 내 인내를 실천하기 위함이었다.

그런데, 정말 신기한 일이 벌어졌다. 아이들이 생각 이상으로 그 시간을 즐기고 있었다. 그 명상도 하나의 놀이처럼 받아들인 것 같았다. 낄낄대며 실눈으로 서로를 훔쳐보던 아이들이 며칠이 지나니 졸린 명상음악을 감상하며, 자신에 대해 생각이란 걸 하고 있었다. 한 주가 지났고, 명상 후에는 '내가 생각한 나'에 대해 돌아가며 발표도 하게 되었다. 이제 발표훈련도 할 수 있었고, 그 일을 계기로 토의토론도 가능해졌다.

자신을 반성하는 아이에게는 그를 칭찬하는 말을 해주었고, 자신을 칭찬만 하는 아이들이나 자신의 잘못을 인정하지 못하는 아이들에게는 제대로 성찰하는 친구들을 계속 마주하게 했다. 난 그들이 눈빛으로 말하는 것을 분명 들었다. "나도 실제로는 못하는 거 많아.", "나도 사실 미안해."라고.

교실이 진정이 되니 이제 내가 하고 싶었던 수업이 가능해졌다. 학교 숲에 나가 수학수업을 해도 전혀 사고가 나지 않았고, 말썽쟁이 두 녀석은 나의 오른팔, 왼팔이 되어 도움이 필요한 친구들을 전담해 주었다.

아침명상이 끝난 후, 우리 반 아이들이 나에게 이렇게 물었다.
"선생님은, 저희 명상할 때 뭐 하세요?"

'뭐긴, 뭐야. 도 닦는거지. 정신수양을 하지 않고서는 너희들을 예쁘게 바라볼 수가 없단다.'

웃음이 났다. "내가 너희로부터 살기 위해 하는 거야."라고 말할 수는 없었다. 그 시간에 나는, '아이를 결코 내 손에 맞추지 않겠다.'라는 다짐을 거의 최면 거는 수준으로 한다. 그리고 아이들을 꽉 움켜지고 있는 끈을 살며시 놓는다. 그들이 이 느슨해진 줄로 좀 더 넓게, 여유 있게 돌아다닐 수 있을 거라고 믿으며.
'1일 1도 닦기' 행사는 그 해 매일 빠지지 않고 이루어졌다. 그리고 그것은 아이들에게 생각의 힘, 자신을 돌아보는 힘을 기르게 해주었다. 무엇보다도 나에게 아이들을 이해하는 방법을 알려 주었다.

우리집 아이들도 아직 나와 함께 명상을 한다. 잔잔한 음악을 들려주며 눈만 감고 자신의 행동을 떠올려 보라고 한다. 그 시간은 우리 가족에게도 의미있는 시간이며, 어른, 아이를 떠나 스스로를 성찰하는 기회가 된다.
금쪽같은 내새끼라는 프로그램을 보며 한 아이가 자기와 비슷한 행동을 하는 친구 모습을 보며, "우와 쟤 정말 버릇없다."라고 말한다. 그처럼, 제3자가 되어 자신을 바라보면 그동안 몰랐던 것도 발견하고, 스스로 교정도 가능하다.

내 몸엔 사리가 수만 개 있다.
그래도 난, 날 위해서
내 아이들을 위해서
오늘도 1일 1도 닦기를 수행한다.

가장 조용하게
아이들과 잘 사는 법,

바로 '1일 1도 닦기'이다.

또 놀자고?
애야,
엄마는
체력이 안 돼서
같이 못 해.
저쪽으로 가서 엄마 빼고 해 줄래?
뭐?
그런데 어떻게 새벽에 글을 쓰냐고?

핑곗거리 (체력변명썰)

아주 오랜만에 동생네를 만났고, 잠깐 네 살배기 조카와 아파트 주변을 산책하게 되었다. 내 손에 전해지는 그 보드랍고 조그만 손이 몇 년 전에 대한 그리움을 톡톡 건드린 건지, 우리 아이 어릴 적이 문득 생각났다.

'맞아. 우리 화정이도 어릴 때는 참 귀여웠는데, 이렇게 꼬옥 손을 잡고 얼마나 걸어 다녔다고.'

조카는 알아들을 수 없는 앙증맞은 말들을 쉬지도 않고 내뱉었다.

'그래. 우리 우영이도 이런 외계어로 말했었는데. 그리고 내가 그 모든 걸 통역했었지.'

아이의 그런 흐물흐물한 말들은 괜히 내 마음을 간지럽혔다.

그때였다. 갑자기 그 귀염댕이는 내 손을 뿌리치더니 앞으로 달리기 시작했다. 길고양이를 본 것이었다.

뒤따라 달려가기에는, 내 몸이 너무 무거웠다. 최대한 빠른 걸음으로 아이를 쫓아 다니며 "집에 들어가자."라는 말만 연신 쏟아냈다.

결국, 그날 난 아이의 호기심을 따라 다니다 20분만에 녹초가 되어 버렸다.

"엄마, 그래서 아이는 젊을 때 키워야 하나 봐. 체력이 안 돼서 잠깐인데도 못 보겠더라고."
그날 일로, 나는 친정엄마와 대화를 나누었다. 그리고 난 내 저질 체력과 아쉬운 나이에 하소연을 했다.
"체력은 무슨? 지금 그 나이에 아이 낳고 키워도, 넌 예전처럼 할 걸. 체력으로 하나? 마음으로 그냥 그렇게 되는 거지."
'체력의 문제가 아니라, 마음의 문제?'

가만히 생각해보니, 어느 순간부터 나는 늘 내 체력을 이유로 많은 것에 선을 긋고 있었다.

아이가 책을 읽어달라고 했을 때,
"엄마 목이 아프면 안 돼. 내일 학교 가서 수업해야 하잖아."

아이가 보드게임을 하자고 하면,
"그냥 아빠랑 해. 엄마는 좀 쉬고 싶어."

아이가 같이 물놀이 하자고 바닷가로 끌고 들어갈 때는,
"엄마 물놀이 하면 몸살 날 수도 있어. 너희들끼리 놀아. 엄만 여기서 보고 있을게."
늘 '그다음'을 고민하고, 내 체력을 핑계 삼는 나는 아이와 현재를

즐기지 못하고 있었다.

엄마 말이 맞았다. 아이를 낳았을 때, 그때라고 내가 힘이 있었겠는가. 지금과 다른 건 그 체력과 나이보다, 내 '마음'이었다.

내 시간이 사라진다는 아쉬움이었고,
내 상쾌한 내일을 위한 걱정이었으며,
아이들과 부대끼기 싫은 귀찮음이었다.
그것을 모조리 묶어 난 '체력이 안 좋아서.'라는 핑계로 대치했다.

집 근처 바닷가에 돗자리를 폈다. 파라솔 아래에 블루투스 스피커를 켜고 읽을 책을 꺼냈다. 그리고 아이들에게 말한다.
"애들아, 물놀이 신나겠다. 오늘 바다는 더 예쁘네. 자, 얼른 물속으로 들어가! 엄마는 여기서 기다릴게."
둘째 아이가 묻는다.
"근데, 엄마는 왜 안 들어가요? 매일 우리보고만 물놀이 하라고 하고. 그럼 여길 왜 왔어요?"
큰애가 둘째에게 말한다.
"엄마는 물놀이 힘들어 하셔. 찝찝한 것도 싫어하시잖아. 우리끼리 그냥 가자. 넌 눈치도 없냐?"
그리고 저 멀리서 신랑이 아이들에게 손짓한다.
"애들아, 엄마 방해하지 말고, 얼른 놀자. 그러다 엄마 화낸다."

'아……'

나는 조용히 책을 덮고, 스피커를 껐다.
그리고 돗자리 위 장식품이기만 했던
구명조끼를 걸치고 우리집 세 남자 쪽으로 뛰어 들어갔다.

아이와의 시간에
이리저리 계산대지 않겠다고,
더이상 내 체력을 핑계삼지 않을 거라고 다짐하면서.

더도
덜도
말고
딱 그만큼!
그게 제일이지!

정도 육아

"자, 모두 사물함 열어볼래? 3분 준다. 얼른 정리해보자."
"책상 서랍에는 그날 필요한 교과서만 넣어놓는 거 알지?"
"오늘 눈빛이 별론데? 무슨 일 있었어? 선생님에게 다 말해봐. 얼른!"

"오늘 배운 역사 수업, 이렇게 활동지 나눠줄 테니까 필기해 오세요."
"수학익힘책 풀고 채점 안 한 친구들은 남아서 다 하고 가도록!"
"책상 위에 지우개 똥들도 그때그때 정리해야지."

이렇게 꼼꼼함이 지나친 선생님은 아이들이나 학부모를 힘들게 한다. 부담스럽다.

"아침활동? 자유롭게 활동하면 돼요. 친구 방해만 안 하면 돼."
"일기는 쓰고 싶은 사람들만 알아서 쓰면 되지요."

"숙제를 안 해 왔다고? 괜찮아. 이번 주 안에만 해와."

"뭐? 현장학습 가서 폰 사용해도 되냐고? 그래. 간수만 잘하면."
"공책 필기하고 싶은 사람만 이렇게 적어보세요."
"수학익힘책 스스로 채점해 봐. 모르는 건 물어보고."

반면에 이렇게 자유를 주면서 아이들의 태도, 눈빛, 말투 등에 무관심한 선생님은 아이들이나 학부모를 불안하게 만든다. 결국 그 1년 동안 아이들은 덜 자란다.

학교에서 학급을 꾸려나가는 일조차, 이렇게 정도의 법칙이 적용된다. 과해서도, 부족해서도 위험하다. 그럼, 우리집 내 아이 키우는 일은 어떨까?
늘 잘해오던 아이가, 항상 내 말을 따랐던 아이가 이렇게 말했다.
"엄마, 이번 방학은 실컷 놀아보고 싶어요."

'두둥'
누가 머리를 한 대 세게 후려치는 느낌이었다.

"그게 무슨 말이야?"
"그냥 공부는 좀 덜하면서 하고 싶은 일 자유롭게 하고 싶다는 말이에요."

"그래? 당황스럽네. 좀 더 생각해 보고 이야기하자. 아직 방학되려면 시간이 남았으니까."

나는 쿨하게, 아무렇지도 않은 듯, 아주 자연스럽게 대답했지만, 속으로는 울고 있었다.

'어머, 얘가 왜 이래?'

'저 나이에 벌써 공부를 싫어하게 되면 어떡해? 많이 하지도 않았는데.'

'사춘기인가?'

암튼, 아이에게 어떻게 반응할지 몰라, 나는 그렇게 그 자리를 도망쳤다.

그리고 신랑에게 고자질 하러 달려갔다. 신랑이 내 편을 들어주리라 생각했다. 저노무 자식을 혼내줄 거라고, 아이 방으로 곧장 뛰어갈 거라고 예상했다.

그런데 신랑은 웃으며,

"와, 자식 웃기네. 많이 컸어."라 한다.

"그게 다야? 혼내줘야지."

"혼낼 게 뭐람? 하고 싶은 일들이 많나 보지. 기특하네."

신랑은 아이에게 가더니, 하고 싶은 일을 착착 물어보고 필요한 도구나 재료가 있으면 같이 사러 가자고까지 해주었다.

아이는 알고 있었던 것이다. 방학이 되면 분명, 내가 자기에게 더 많은 관심을 쏟을 거라는 것을. 그래서 그 지나친 관심을 사전에 차단해 버리는 술수까지 쓴 것이었다.

나는 한 달간 도를 닦으며 내 관심을 묵인했다. 그래서 그해 여름 방학, 아이는 본인이 원하는 만큼, 코딩과 메이킹으로 신나게 시간을 보낼 수 있었다. 물론 그때가 계기가 되어 아이는 좀 더 구체적인 목표를 정할 수 있었고, 지금은 그것이 공부에 전념하는 동기도 되었다. 만약 내가 그때, 아이의 방학에 집착했더라면, 부담스러운 간섭을 했더라면, 결코 이렇게 태연하게 웃으며 글을 쓰고 있진 않았을 것이다.

요즘 나는 저녁이 되면, 내 시간을 많이 갖는다. 글도 쓰기 시작했고, 독서량도 늘려서 괜히 바쁘다. 아이들이 다가와 이렇게 말했다.

"엄마, 난 엄마가 맥주 먹는 게 더 좋아. 글쓰는 건 싫어. 형아도 그렇지?"

"응. 나도."

나는 의아했다.

"왜? 그게 뭐가 달라? 어차피 맥주 마실 때나 컴퓨터 앞에 있을 때, 너희랑 못 노는 건 똑같잖아."

그러니까, 큰 아이가 살며시 이렇게 말하고 자기 방으로 가버린다.

"그래도 맥주 마실 때는 저희를 보고 있잖아요. 웃으면서."

'헉!'

아이들은 나의 지나친 관심이 싫으면서도, 내가 관심을 가져주지 않는 데에 불안을 느꼈나 보다.

결국 나는 저녁시간에는 40분 정도만 컴퓨터를 보기로 다짐을 했고, 독서나 글쓰기는 아이들이 자고 있는 새벽에 하기 시작했다.

많은 부모들이 극과 극을 달린다.
아이에게 지나친 관심을 가지며 줄곧 서로를 피곤하게 하다가, 아이의 반항이나, 거절에 큰 좌절을 겪고 놓아버린다. 딱 '과유불급'인 셈이다.
또 자기 좋자고 널널하게 방치하다가, 뒤늦게 반성하며 다 커버린 아이를 돌보기도 한다. 소 잃고 외양간 고치는 격이다.

뭐든, 처음부터 적당한 게 좋다. 아이와 함께 잡은 줄이 너무 느슨해서 꼬여버리거나, 너무 당겨져서 끊어지지 않게 해야 우리 사랑이 오래도록 유지된다.

신랑이 오늘 수고했다고 맥주를 따라주었다.
넘쳐서 거품이 흘러 내렸다.
"뭐야? 지저분해졌잖아!!"
이번에는 절반만 채워준다.
"뭐지? 이것밖에 날 사랑하지 않는 거야?"

이번에는 잔에 딱 맞게 따라준다.
"흐흐. 사랑해."

"엄마, 저 수학 시간에 칭찬 받았어요."
"그래? 그게 누구 덕이지?"
"열심히 공부한 저의 성실함 덕분이지요."
"엄마, 저 오늘 준비물 못 들고 갔잖아요."
"그래? 그게 누구 책임이지?"
"엄마가 안 챙겨줘서 그런 거지요."

이렇게 난 억울한 엄마입니다.

억울한 엄마

두 아이의 엄마로 살아가면서 갈수록 느끼는 것은 책임감이다.

'낳았으면 잘 키워야지.'

그 책임감 속을 자세히 들여다 보니, 이건 뭐, 사랑으로 전전한 애틋함이기보다는 의무감의 실체에 더 가깝다.

학부모 상담을 하게 되면 대부분의 부모들이 자녀를 대상으로 이타적인 행동을 보인다.

자녀의 잘한 행동에는,

"저희 아이가 어릴 때부터 글은 참 잘 썼어요."

"그런건 제가 말도 안 했는데, 알아서 잘 하더라고요."

"아이가 예술적 머리를 타고났나 봐요."

라고 말하며, 아이를 무슨 스스로 잘 크는 초인으로 만들어 버린다.

그럴 때 나는 꼭 이렇게 덧붙인다.

"아이가 어찌 스스로 그렇게 잘 크나요? 다 어머님께서 잘 키우신 덕이지요."

반대로 자녀의 잘못된 행동에 대해서는 부모 스스로를 얼마나 자책하는지 모른다.
"제가 그때 일하느라 바빠서 아이에게 신경 못 썼거든요. 그래서 아이가 게임을 많이 하게 됐나 봐요."
"7살 때 아이와 놀아준다고 학습 시기를 놓쳤나 봐요. 제가 생각이 짧았어요."
"제가 어릴 때 그렇게 소심했거든요. 그래서 아이가 그런가 보네요."
"저에게 불만이 있어서 아이가 친구에게 폭력적인 모습을 보이는 걸까요?"

아이가 조금이라도 잘못되면 이건 다 부모 탓이라 한다.
그럼, 나는 또 이렇게 말한다.
"아뇨. 이게 어떻게 다 부모 탓이겠어요. 아이 성향이 그런 것일 수도 있고, 다른 환경이 그렇게 만들었을 수도 있죠."

일어난 사건이나 행동의 원인을 추론하는 것을 '귀인'이라고 한다. 유독 부모와 자식 간의 관계에서만 일관적이지 않는 귀인현상이 나타나는 것은 왜 그럴까?
왜 사람들은 아이 문제를 놓고 '잘하면 아이 탓, 못하면 부모 탓'이라는 아이 중심적인 생각만 하는 걸까?

아이가 부모보다 약자라서? 아니다. 더 많이 사랑하는 사람을 '을'로 본다면, 아이는 절대적으로 '갑'이 된다. 그 두 사람 간 애정의 등식은 성립하지 않는다.

부모가 아이를 사랑하는 마음이 아이가 부모를 생각하는 마음보다 비할 수 없을 만큼 크기 때문에 부모는 이타적 귀인을 하는 것이었다. 아이의 체면을 지켜주려고, 아이의 자존심을 채워주려고, 아이의 능력을 과시하려고 그런 것이었다.

'내 아이는 원래 멋진 아이예요.'
라면서 부모의 노력을 철저히 숨겨 자신의 자식을 더 돋보이게 한다.

'이 아이는 원래 그렇지 않아요. 제가 그렇게 만든 거예요.'
라면서 부모는 아이의 가능성을 피력하며 자신을 죄인 만든다.

아이를 사랑하는 만큼
억울한 부모가 될 수밖에 없다.

아이가 어제 이렇게 말했다.
"엄마, 요즘 글도 쓰고 그림도 그리고, 참 멋져요."

"정말? 다 네 덕이야. 네가 알아서 해주니까 엄마가 이렇게 할 수 있어."

아이가 오늘은 이렇게 말한다.
"엄마, 요즘 수학이 이해가 잘 안 가요. 어떡하죠?"

"그래? 다 엄마 탓이야. 엄마가 글쓰고 그림 그린다고. 미안해."

역시나, 여전히, 난 억울한 엄마이다.

*귀인 이론(歸因理論): 성공이나 실패의 원인을 찾는 방식에 대한 이론. 어떤 사건의 원인을 무엇이라고 생각하는가에 따라 개인의 감정, 미래 수행 기대, 동기 따위가 크게 달라진다.

꼭 자세히 봐야 아나?

그냥 알지.

너 예쁜 거.

그냥 예뻐!

나태주 시인의 '풀꽃' 시를 참 좋아한다.
"자세히 보아야 예쁘다.
 오래 보아야 사랑스럽다.
 너도 그렇다."

하고 많은 풀꽃 중 하나라고 쉬이 보지 말고, 오래 지켜보다 보면
그 아이의 아름다움을 느낄 수 있다는 응원의 시이다.
그러니 하찮은 존재는 없다고, 사회 속 고만고만한 사람들에게 힘
이 되는 착한 시이다.

그래서 나는 학기 초가 되면, 미술 시간에 꼭 이 시구절을 이용하
여 게시판을 채운다. 아이들에게 시구절을 한 글자, 두 글자씩 배
분하여 주고, 그림 글씨로 예쁘게 꾸며 게시판에 다다닥 붙인 후,
함께 읽기도 한다. 그렇게 교실 속 소외된 아이들에게까지 응원과
힘을 보태고 싶었다.

그런데, 가만히 생각해보니, 이 시 내용이 너무 조건적인 것 같다. 작가는 이 시에서 풀꽃들에게 조건적인 사랑을 내걸고 있다. 오래 보고 자세히 보아야 한다는 조건을 말이다.

초록 초록한 풀잎들 속에 자란 풀꽃들은 그냥 다 예쁘다. 굳이 오래 보지 않아도, 자세히 들여다보지 않아도 그저 엄청 예쁘기만 한 것이 바로 꽃이다.

아이들도 마찬가지다. 그 자체로 예쁘고 빛난다. 내 가까이 있는 나와 마주한 아이들 모두 그저 아름답고 귀한 사람들이다. 자세히 보지 않아도, 굳이 오래 보지 않아도 그냥 예쁜 내 사람들이다.

하물며 나와 함께하는 이 풀꽃 같은 아이들이 나만 쳐다보고 있다. 내 사랑을, 관심을 원한다.
"잠깐만! 기다려봐. 너 며칠간 지켜보고 예뻐해 줄게."
"어…… 어디 예뻐할 데가 있는지 좀 더 자세히 살펴보고."

이러다가, 아이가 더이상 내 사랑과 관심을 원하지 않게 되면, 그때 얼마나 후회할까?
시간이 한참 지나고, 상처와 서운함으로 물들어 그들과의 사이에 단단한 벽이 만들어진 후에야, 예쁘다고 말해 줄래?

한때는 열렬히 사랑했던, 지금은 아이들 뒤편에서 눈치만 살피는 신랑이 나에게 말했다. 내 배려와 애틋함을 원한다고.

"여보, 잠시만! 며칠 집안일 다 해주면 나도 똑같이 배려해 줄게."

"어…… 보자. 배도 나오고 이마도 좀 휜해진 것도 같고…… 좀 더 자세히 보고 나서 안아 줄게. 우선 배부터 넣어."

이렇게 조건만 부여하다가 믿던 사랑도 놓칠 수 있다. 꼬부랑 노부부가 되고 나서 반성과 후회로 여생을 보내게 될 수도 있다.

이렇게,
조건적 사랑은 내 자존심을 지켜줄지는 몰라도, 사랑할 수 있는 우리의 시간을 챙겨주지는 못한다.

오늘 나는 미술시간, 아이들과 함께 교실 게시판 글을 이렇게 바꾸었다.

자세히 안 보아도 예쁘다.
오래 보지 않아도 사랑스럽다.
우리 모두 그렇다.

내가 조종하는 게 아니었어.

이봐!
내가
끌려가고 있잖아!

꼭두각시 엄마

새벽부터 일어나 잠깐이라도 나만의 시간을 갖는다. 글을 쓰다가, 블로그에도 잠깐 들렀다가, 뉴스 기사까지 훑어본다. 7시 20분쯤 되어 '이제 애들 학교 갈 준비 시키면 되겠다.'라는 생각에 아이들을 깨웠다. 아이들은 나의 지시에 학교 갈 준비를 했다. 내가 준비해 둔 옷과 아침밥에 토 한번 달지 않고, 주는 대로 시키는 대로 그냥 받아들인다.

나는 일터로, 그들은 학교로 가서 각자의 사회생활을 한다. 내가 짠 방과후 루틴에 따라 아이들은 움직인다. 틈틈이 아이들은 나에게 전화를 걸어, 방과후 수업 전까지 친구와 바깥에서 놀아도 되는지, 물어본다. 나는 그때그때 상황을 보며 아주 합리적인 결정을 내려 준다.

저녁시간도 마찬가지다. 아이가 취미생활을 해도 되는지, 좀 늦게 자도 되는지 등은 오롯이 나의 오케이 사인이 있어야 한다.

그래서 나는,

이러한 아이들이
내 꼭두각시라고 생각했다.

다시 아침이 되었다.
나는 또 새벽 시간을 조용히 즐기고 있었다. 7시가 넘어 자는 아이들을 보러 갔다. 잠에 푹 빠져 있었다. '아이들이 어제 몇 시에 잤더라?' 시간을 계산하며 아이들 얼굴을 살폈다. 피곤해 보여 최대한 늦게 깨우기로 했다.
아이들이 일어나 아침밥을 먹는다. 잘 먹고 있나 흘깃 살펴 보았다. 영 입맛이 없는 눈치다. 아이가 좋아하는 떡 간식을 데워 주며, 슬쩍 밥을 덜어 신랑 밥그릇에 넣어주었다. 이제 아이가 웃으며 먹었다.
퇴근시간, 차 속을 가득 메우는 라디오 소리는 듣는 둥 마는 둥 하며, 머릿속으로 아이들의 하루를 떠올려 본다.
오늘 학교 방과후 수업이 무엇이었는지, 몇 교시 수업인지, 숙제가 있는 날인지, 오늘 아침 컨디션이 어땠는지 등을 내 글쓰기 할 때보다 더 골똘히 생각한다.
그러면서 오늘 저녁에는 아이들에게 어떤 당근과 채찍을 내릴지 결정했다.

퇴근 후 집에서 만나는 아이들은 참 반갑다. 하지만 그도 잠시, 정리해야 할 집과 준비해야 할 저녁밥, 챙겨야 할 아이 공부를 떠올리면 마음이 급해져서 아이들을 마음으로 대할 수가 없다. 일적으로 만나는 상사와 부하직원 같다.

자, 나는 또 아이들에게 지시를 내린다.
"자, 밥 먹고 나서 일기 숙제부터 먼저 하고, 수학해. 너희들 샤워할 때, 엄마가 채점해 놓을게. 아, 그 뒤에는 책 읽는 거 알지?"
아주 현명한 결정이다. 저녁 시간을 알차게, 낭비 없이 보낼 수 있는 건 나의 이런 지혜로운 조종 덕이다.

그런데, 큰아이가 말한다.
"엄마, 오늘 나 피곤해서 일찍 자고 싶어요."
둘째 아이는 이렇게 말했다.
"엄마, 저 오늘 땀 많이 흘려서 먼저 샤워하고 싶어요."

나는 또다시 머리를 굴린다. 그리고 최선의 선택을 해서 지시를 내려주어야 했다.
"아, 그래? 그럼 둘 다 먼저 씻자."

씻고 나온 큰 아이는 피곤한 몸으로 책상에 앉아 수학문제를 풀었다. 그 모습을 숨어 보다가, 나는 아이에게 말했다.
"화정아, 오늘은 그거 안 해도 돼. 그냥 먼저 자자. 푹 자고 내일 일어나면 더 재밌게 풀 수 있을 거야."
"그럼, 엄마 내일 더 풀게요."
아이는 이렇게 말하고는 8시도 안 된 시각에 잠에 빠져 버렸다.

둘째 아이는 샤워하고 나와, 침대로 들어가는 형아를 슬쩍 살피더니 나에게 조심스레 다가왔다.

"엄마, 형아 자는데, 엄마와 나랑 둘이서 오랜만에 데이트 하면서 놀면 안 돼요?"

내 머리는 또 바빠졌다.

어떤 선택과 지시를 할지, 빨리 생각해야 했다.

"안돼. 일기 쓰고 나서, 수학 두 바닥은 풀자."

아이는 처벅처벅 자기 자리로 가서 일기 숙제를 한다.

나는 또 아이의 그 모습을 몰래 보고는,

다가가서 이렇게 귓속말을 했다.

"일기만 쓰고, 엄마랑 보드게임 하면서 데이트 하자."

그러고는 정리해 놓은 식탁 위에 쥬스와 빵, 보드게임을 셋팅했다.

나는 아이들이 내 꼭두각시인 줄 알았다.

내 손 안에서 그들이 움직인다고 생각했다.

그런데, 아니다.

아이들이 나를 움직이고 있었다.

아이들의 표정, 몸짓, 생각 등이 나를 이리로, 저리로 움직이게 했다. 그들은 별 말도 안 하고, 나를 조종했다.

정말 무서운 녀석들이다.

또 손잡이가 움직인다.
내 손이 그리로 따라 간다.
내 마음까지 그쪽으로 쫓는다.

이렇게 난,
어쩔 수 없는
꼭두각시 엄마였다.

*남의 조종에 놀아나는 사람. 우리나라의 고대 민속 인형극인 '박
첨지 놀이'에서 박첨지의 아내 역으로 나무로 깎아 만들어 기괴한
탈을 씌워서 노는 젊은 색시 인형을 '꼭두각시'라고 한다.

날 배려해줘요.
사랑받는 느낌을 받고 싶거든요.
그럼 그때 나도 잘해줄게요.

이제 내가 배려해 줄게요.
어때요? 나 괜찮은 사람인 것 같죠?
그러니 앞으로 나에게 더 잘해주세요.
당신은 내 귀한 배려를 받았잖아요.

배려의 이기심

"자, 이번 주부터 방과 후에 역사 공부 좀 할까? 선생님과 함께하면 재밌게 할 수 있을 거야. 5학년 올라가기 전에 해두면 좋지. 안 그래?"
"네. 좋아요."
"선생님은 너희를 이렇게 배려한다. 그치? 그러니 선생님 말 좀 잘 들어. 알겠냐?"

난 내 배려를 미끼로 삼아 아이들의 충성을 약속받았다.

학교 동료 선생님께서 나눠 먹자고 떡 두 조각을 건네주셨다. 오후 시간 매번 찾아오는 허기에도 난 그 떡을 손대지 않고 집으로 들고 와 아이들에게 내밀었다.
"엄마가 안 먹고 들고 온 거야. 마침 딱 2개야. 저녁 간식으로 하나씩 먹으면 되겠다."
God의 '엄마는 떡(짜장면)이 싫다고 하셨어.'를 부르며, 신랑은 나를 타박한다.

"그냥 너 먹지. 그걸 들고 오냐?"

나는 아이들에게 이렇게 말했다.

"엄마가 너희를 얼마나 배려하는지 알겠지? 그러니까 말 잘 들어. 응?"

난 내 배려를 근거로 아이들의 복종을 내세웠다.

신랑에게 항상 말하는 게 있다.

"날 배려해 줘."

신랑은 억울해 한다.

"배려하고 있잖아."

나는 반론을 제기한다.

"그건 내가 원하는 배려가 아니었으니 배려가 아니야."

신랑은 항소한다.

"다 너한테 잘해주려고 한 거니까 그냥 배려라고 해주면 안 돼?"

나는 혼자서 대화를 마무리한다.

"안돼. 내가 원하는 배려를 해 줘. 그럼 나도 잘해 줄게."

난 상대방의 배려를 걸고 내 배려를 약속했다.

남을 배려하는 이유가 뭘까?

적어도 내가 하는 배려는 대부분 나를 위해서였다.

사랑받으려고
아침마다 가족들이 입을 옷가지를 일일이 꺼내 두었으며,
착한 사람이 되려고
엘리베이터 문을 잡아주었다.
마음 편해지려고
남 일도 함께 해 주었으며,
나중에 편히 살려고
아이들에게 애쓰는 것이다.

그렇다면, 남에게 배려를 받는 이유는 뭘까?
사랑받는 느낌 때문에
내 가벼운 가방도 들어주길 바랐고,
내가 좋은 사람임을 느낄 수 있도록
조금의 칭찬도 필요했다.
내 편안한 삶을 위해
학교나 아이들의 성실함을 원했다.

내가 하는 배려에는 분명 사랑이 담겨 있다.
내가 받는 배려에도 진정한 사랑이 담기길 원했다.

하지만 지극하게 내 배려는 자기중심적인 이기심이었다.
오직 나만을 위한 것이었다.
이건 진짜 변명 못 하겠다.

피할 수 없으면
잠깐이라도 숨어 있어.

즐길 수 없을 땐,
도망쳐도 되고.
가질 수 없으면
그냥 포기해도 돼.

흘러가는 시간……
그저 나 좋은 대로 하는 거야.

시간을 잘 보내는 법

시간이 간다. 나이가 들고 몸과 마음이 아주 조금씩 변하고 있는 게 느껴진다. 예전엔 카드 번호나 통장 계좌번호도 죄다 외우고 다녔었는데…… 이젠 감명 깊게 봤던 드라마 제목조차 잘 기억나지 않는다.

내 얼굴에 기미가 생길 줄 몰랐고, 승강기 점검 때 내 무릎이 걱정될 줄 몰랐다.
이제는, 괜히 보험에 대해 점검해 봐야겠다며 증권을 출력하질 않나, 매번 다 못 먹고 버린 영양제를 검색까지 해가며 사서 챙겨 먹기까지 한다.

피할 수 없으면 즐기란 말이 있다. 그다지 유쾌하지는 않다.
살다보니 아픔, 걱정, 귀찮음, 미움 등이 시시때때로 나를 찾아온다. 피할 길이 없다. 즐길 수 있는 여유도, 신과 같은 포용력 또한 없다.

잠깐이라도 그 나쁜 것들을 떠올리지 않게 딴짓을 할 뿐이다. 음악을 듣고, 독한 커피를 마시고, 그림을 그리거나, 글을 쓴다. 별로 친하지도 않은 이들과 굳이 만나서 수다를 떨기도 하고, 괜히 낮잠을 청하기도 한다.

그렇게 난,
피할 수 없는 것들로부터
잠깐 몸을 피했다.

30대 후반이 되면서 달라진 몸매만큼이나, 좋아하는 것들도 변했다. 막 아이를 낳고선 아이와 노는 일이 마냥 즐거웠다. 함께 미술놀이하고, 역할극을 하며 나 또한 신이 났었고, 아이교육을 위해 고민하고 선택하는 일에 커다란 보람과 재미를 느꼈다. 하지만 안타깝게도 지금은 아니다. 혼자만의 시간이 좋아 새벽잠까지 포기하며 내 시간을 가지려 했고, 이제 아이교육도 사교육에 기대고 싶은 마음이 살짝 밀려온다.

즐기던 것들이 이제 즐겁지 않다.

그래서 난,
한 걸음, 두 걸음 도망가고 있다.
즐기는 내 삶을 향해.

젊을 때는 노력하면 뭐든지 가질 수 있을 줄 알았다. 하지만 사람마다 가질 수 있는 내용물과 그 크기가 다름을 깨달았고, 나는 겸손한 소크라테스적(너 자신을 알라!)인 사람이 되었다.

이것은 아이교육에 있어서도 내 마음가짐을 바꿔주는 계기가 되었다. 영어를 가르치면 아이가 쏼라쏼라 프리토킹이 가능할 것 같았고, 수학개념을 잘 알게 하면 모든 문제를 풀어낼 줄 알았다. 잘 놀아주면 사회성 최고인 아이가 될 것이고, 책을 많이 읽히면 국어 독해력도 걱정 없다고 생각했다.

하지만 현실은 아니었다. 가진 천성과 타고난 능력이 그 노력을 허무하게 만들 수 있다는 것을 갈수록 실감한다.

그동안 난 내가 가지지 못하는 것에 흘러가는 시간과 돈과 열정을 쏟았다. 내가 만난 아이들도 늘 자신이 안 되는 것에 아까운 시간과 힘겨운 노력을 들였다. 그게 문제가 되는 건 아니지만, 중요한 것은 그 시간, 자신이 가질 수 있는 어떤 것들을 놓쳤을지도 모른다는 사실이다.

안되는 수학 문제 부여잡고 눈물 흘리는 그 시간에, 자신이 좋아하고 잘할만한 일을 찾아보는 건 어떨까?

그림을 그리든, 유투버 활동을 하든, 자신이 가질 수 있는 것에 열중하는 것이 자신의 인생에 조금 더 보탬이 될 것도 같다.

그래서 나에게도, 우리 아이들에게도 말한다.

다 가질 수는 없는 거라고.
그러니까 가지기 힘든 것은 그냥 포기해도 된다고.
그 대신 가질 수 있는 것을 찾아보자고.

흘러가는 시간을 잡을 수는 없다.
지나간 시간을 그리워 하거나, 후회하며
내 남은 시간 또 낭비할 게 아니라,
지금 이 시간을 진정 나를 위해 살아야 한다.

그러기 위해선,
피할 수 없는 일에는 딴짓도 하면서 잠깐 잊어버리기도 하고,
즐길 수 없는 일이 있다면 슬쩍 도망가도 좋을 것이다.
그리고, 가질 수 없는 일은 그냥 포기해 버리자.

그냥 이 시간,
어느 누구에게도 맞추지도 말고,
날 위해서, 내 마음 가는 대로 쓰는 거다.

미워도 당신 생각

난
당신이
미운데,
너무 좋아.

미운 것도 사람

1년간, 한 달 간, 아니 딱 일주일 간만 내 언행을 들여다보았다. 그리고 그 기간 동안 내가 가졌던 미운 감정들을 분석해 보았다.
누구를 향했던 건지, 왜 그랬는지, 어떻게 미워하게 됐는지.

나는 내 가족 이외의 사람을 굳이 미워하지 않았다. 늘 웃었고, 상냥하기 그지없었다. 배려하고, 존중했다. 그도 그럴 것이 저들은 내 감정에 영향을 끼칠 정도로 가깝지 않으니까, 일부러 가식을 떨지 않고도 너그럽게, 쿨하게 미소 지을 수 있었다.
하지만 난 내 가족에게 미운 언행을 끊임없이 쏟아내고 있었다. 분석으로 시작했다가 반성으로 끝내는 이유이기도 한데, 나는 내 아이들과 신랑을 밉다고 생각한 경우가 일주일에 한 번 이상은 꼭 있었다. 뭐, 좀 더 정확히 말하자면 아이들보다 신랑을 미워했다.
미워한다는 것은 상대의 행동이 거슬린다는 의미이다. 거슬리는 이유에는 여러 가지가 있겠지만, 보통 '내 기대에 응해주지 않아서'가 가장 큰 자리를 차지한다.

내가 하지 말라고 했던 행동을 할 때,
내가 해달라고 했던 일을 하지 않을 때,
마땅히 하는 것이라 생각한 일을 놓칠 때,

그때 난 그 상대가 밉다.
사랑하는 내 사람들이 밉다.
미워하고 싶지 않은데 밉다.

기대를 하지 말아볼까?
그럼 난 이웃집 아주머니에게 하는 것처럼 그저 밝은 웃음을 지어
보일 수도 있고, 동료 선생님에게나 하는 것처럼 배려심 넘치는 인
자한 사람도 가능했다. 학교 아이들에게 하는 것처럼 몇 번이고 따
뜻하게 설명해 줄 수도 있고, 모르는 아기들에게 던지는 상냥함도
보일 수 있다.
이렇게만 지낸다면 나는 내가 밉다고 말하는 그들에게 화나 짜증
을 낼 필요도 없을 것이다.
그럼, 왜 난 계속 기대를 하고 있는 걸까?

우리는 한 팀이다. 하나의 훌라우프 속에 네 명 모두 들어가 저 목
적지까지 달린다. 나는 꼭 저곳에 다다르고 싶다. 단 한 명도 처지
지 않고, 그것도 빨리 말이다. 뭐, 조금이라도 여유가 있다면 달리
면서 책도 좀 읽었으면 하고, 취미생활도 즐겼으면 좋겠다. 애정이
가득 담긴 대화도 틈틈이 나누고 싶다.

사랑하는 사람들과의 달리기는 이미 시작되었다.
그래서 난 그들에게 기대를 할 수밖에 없었다.

체력을 위해 꾸준히 운동도 했으면 좋겠다고.
빨리 달리는 방법에 대해 공부도 좀 하기를,
팀워크를 위해 서로 배려는 필수라고.

결국 내 모든 기대는 그들을 향한 사랑이었다.

사랑하니까 그들과 늘 함께이고 싶었고,
사랑하니까 그들과 잘 지냈으면 했다.
사랑하니까 난 기대를 품었던 것이고,
사랑하니까 그 기대와 함께 미움도 생겼던 것이다.

사랑하니까, 미운 것이다.

한마디로,
미운 것도 사랑이다.

에필로그

아는 것과 실천하는 것 사이에는 분명 경계가 있다.

이렇게 내 이름의 책을 내는 이유도 '아는 척'을 하기 위해서였다. 아는 걸 실천했다며 자랑하려고 한 게 아니라, 아는 것을 그저 아는 것으로만 끝내도 된다는 것을 보여주고 싶었다. 아이를 키우는 엄마로서, 아이들을 가르치는 교사로서 그리 이상적이게 실천하지 않아도 괜찮다고 말해주고 싶었다.
교사가 되었다고 모두가 설리번 선생님처럼 될 수는 없다. 엄마가 되었다 한들, 갑자기 석봉이의 엄마처럼 되는 것도 아니다. 신사임당처럼 사는 일은 그저 손댈 수도 없는 뜬 구름일 뿐이다.

그냥 지금 이대로도 괜찮다.

아이들을 만나는 그 순간, 나는 잠깐 어른이 되었다. 그 모습이 진정 내가 아니었음을 여기서 고백한다.

이 책은 나의 아는 것과 실천하는 것, 그 중간쯤 놓여있는 문과 같다. 어른인 척하는 어른 아닌 한 아줌마의 진솔한 이야기이다. 내 미움, 서운함, 슬픔, 짜증, 화를 '사랑'이란 단어로 대치하여 '그것도 사랑이었다.'라고 변명하는 글이다.

언젠가 내 사랑이 순수한 사랑으로만 표현될 때,
난, 나에게 어른다운 어른이라고 말해줄 수 있을 것이다.
언젠가 지행합일의 도에 이르게 된다면,
그땐 좀 더 당당한 어른의 모습으로 설 수 있을 것 같다.

그 언젠가를 기다리며,
이렇게 난 매일 문을 두드린다.

선생님도, 일기를 씁니다   초판 1쇄 2022년 10월 14일

지은이   웃는샘(이혜정)
펴낸이   최대석
편집   이선아, 최연
디자인1   김진영
디자인2   이수연, FC LABS

펴낸곳   행복우물
등록번호   제307-2007-14호
등록일   2006년 10월 27일
주소   경기도 가평군 가평읍 경반안로 115
전화   031)581-0491
팩스   031)581-0492
홈페이지   www.happypress.co.kr
이메일   contents@happypress.co.kr
ISBN   979-11-91384-33-8   03810
정가   18,000원

이 책의 국립중앙도서관 출판예정도서목록(CIP)은
서지정보유통시스템 홈페이지(http://seoji.nl.go.kr)와
국가자료공동목록시스템(http://nl.go.kr/kolisnet)에서
이용하실 수 있습니다.

Publisher's Note

당신의 어제가 나의 오늘을 만들고 김보민

"사랑을 닮은 사람이고 싶었습니다."

너무 뜨겁지도, 너무 차갑지도 않은 보랏빛. 그 바이올렛 향을 뿜어내는 모든 이들을 위한 글들. 『당신의 어제가 나의 오늘을 만들고』에는 오랫동안 망설여왔던 고백에 대한 순수함이 있고 사랑 앞에서 세계를 투명하게 읽어내는 아름다움이 있다. 만남부터 이별의 순간까지도, 사랑에 대한 희망을 문장과 문장 사이에서 만나게 해 준다. 얼어붙었던 마음도, 힘들었던 순간들도 어느 순간 따스하게 녹아 빛나게 해주는 책이다.

너의 아픔 나의 슬픔 양성관

"재미있는데 눈물이 나는, 웃을 수만은 없는 의학 에세이"

브런치 조회 수 200만, 그리고 포털사이트와 한국일보 등에서 사랑을 받은 빛나는 의사 양성관의 거침없는 이야기들. 지금까진 상상할 수 없었던 의사와 환자들의 이야기들을, 특유의 입담으로 풀어놓는 양성관 작가를 따라가다 보면 독자들은 웃고 있다가 어느 순간 울고 있게 될지 모른다. 『너의 아픔, 나의 슬픔』은 웃음이 있지만 서정이 있고 삶에서 우러난 따뜻함이 있는 의학 에세이다.

오늘도 아이와 함께 출근합니다 장새라

"오늘도 독박 육아 당첨이다. 퇴근길. 나는 다시 출근한다."

"엄마로만 살건가요? 당신은 행복해야 합니다." 알고 있다. 그러나 좋은 엄마로 살아가면서 '나'로 살아간다는 것은 말처럼 쉽지만은 않다. 『오늘도 아이와 함께 출근합니다』는 육아와 직장생활을 아슬아슬하게 오가면서 평범한 초보 엄마가 겪은, 때로는 울고 때로는 웃으면서 버텨낸, 잔잔한 이야기들과 사유가 담겨 있다. 평범한 딸에서 평범하지 만은 않은 엄마를 통해 당신은 엄마와 아이들을 한층 더 깊게 이해하게 될 것이다.

그렇게 풍경이고 싶었다 황세원

"고요한듯 하나 소란있는 어느 여행자의 신비로운 이야기들"

출간 전부터 인스타그램을 통해 많은 이들에게 위로와 영감을 전해 준 황세원 작가의 에세이. 그녀는 '절대적인 것이란 없는 세상'에서 '정해진 것은 어제 뒤에 오늘이 있고 오늘 뒤에는 내일이 있다'는 믿음으로 세계와 마주한다. 그녀의 말대로 '여행은 평행세계를 탐험하는 것'과 같다. 그 누구도 같은 이유로 떠나지 않기에 결코 같은 공간을 방문하지 못한다. 그러나 독자들은 그녀의 글을 통해 그가 수년간 걸어왔던 길을 함께 걸으며 우리 모두가 분명하게 공유하는 무언가를 찾게 될 것이다.

 ### 삶의 쉼표가 필요할 때 꼬맹이여행자

"낯선 여행지에서 이름 세글자로 살아가는 온전한 삶을 찾다!"

여행에세이 베스트셀러 1위를 달성하며 독자들에게 큰 울림을 준 꼬맹이여행자의 이야기 『삶의 쉼표가 필요할 때』, 리커버 에디션 출시! 신의 직장이라고 불리는 금융공기업을 그만두고 새로운 삶을 살아보고자 세계여행을 떠난 저자가 428일간 44개국에서 만난 다양한 이야기를 들려준다. 여행지에서 만난 이들의 삶과 철학, 세상을 바라보는 다채로운 시선, 그리고 사유의 깊이가 어우러져 만들어내는 잔잔한 감동과 울림들을 만나보자.

 ### 낙타의 관절은 두 번 꺾인다 에피

"26만명이 감동한 유방암 환우 에피의 여행과 일상"

'구름 없이 파란 하늘, 어제 목욕한 강아지, 커피잔에 남은 얼룩, 정확하게 반으로 자른 두부의 단면, 그저 늘어놓았을 뿐인데 걸음마다 꽃이 피었다.'
다소 엉뚱한, 어둠속에서도 미소로 주변을 밝혀주는 그녀의 매력은 어디서 오는 걸까. 절망적인 상황에서도 미소를 머금은 한 여행자가, 이제 겹겹이 쌓아 놓았던 웃음과 이미 세상을 떠나버린 이들과 나누었던 감정의 선들을 펼쳐 놓는다.

행복우물출판사 도서 안내

● STEADY SELLER
○ 사랑이라서 그렇다 / 금나래
"내어주는 것은 사랑한다는 말, 너를 내 안에 담고 있다는 말이다"
2017 Asia Contemporary Art Show Hong Kong,
2016 컬쳐프로젝트 탐앤탐스 등에서 사랑받아온 금나래 작가의 신작

○ 여백을 채우는 사랑 / 윤소희
"여백을 남기고, 또 그 여백을 채우는 사랑. 그 사랑과 함께라면
빈틈 많은 나 자신도 온전히 좋아하며 살아갈 수 있을 것 같다."
'채우고 싶은 마음과 비우고 싶은 마음'을 담은 사랑의 언어들

● BOOK LIST
○ 다가오는 미래, 축복인가 저주인가 - 2032년 4차 산업혁명
이후 삶과 세계 - 김기홍 ○ 길을 가려거든 길이 되어라 -
김기홍 ○ 청춘서간 / 이경교 ○ 음식에서 삶을 짓다 / 윤현희
○ 벌거벗은 겨울나무 / 김애라 ○ 가짜세상 가짜 뉴스 / 유성식
○ 야 너도 대표 될 수 있어 / 박석훈 외 ○ 아날로그를 그리다 /
유림 ○ 자본의 방식 / 유기선 ○ 겁없이 살아 본 미국 / 박민경
○ 한 권으로 백 권 읽기 I & II / 다니엘 최 ○ 흉부외과 의사는
고독한 예술가다 / 김응수 ○ 나는 조선의 처녀다 / 다니엘 최 ○
꿈, 땀, 힘 / 박인규 ○ 바람과 술래잡기하는 아이들 / 류현주 외
○ 어서와 주식투자는 처음이지 / 김태경 외 ○ 바디 밸런스 /
윤홍일 외 ○ 일은 삶이다 / 임영호 ○ 일본의 침략근성 / 이승만
○ 뇌의 혁명 / 김일식 ○ 멀어질 때 빛나는: 인도에서 / 유림

행복우물 출판사는 재능있는 작가들의 원고투고를 기다립니다
(원고투고) contents @ happypress.co.kr